E.-J. CASTAIGNE

PETITES ÉTUDES

LITTÉRAIRES

LE SENTIMENT DE LA NATURE CHEZ LA FONTAINE
LA VERSIFICATION DE LA FONTAINE. — DE L'EXPLICATION DES AUTEURS FRANÇAIS
LE PÈRE DE Mme DE RAMBOUILLET. — ALFRED DE VIGNY
SUR UN POÈTE AMATEUR. — *Théodora* EN 1662,

Avec deux Lettres de M. Victorien Sardou

DE L'ACADÉMIE FRANÇAISE

PARIS

ALPHONSE PICARD, ÉDITEUR

82, RUE BONAPARTE, 82

1888

PETITES

ÉTUDES LITTÉRAIRES

PETITES
ÉTUDES LITTÉRAIRES

PAR

EUSÈBE-JOSEPH CASTAIGNE

ANCIEN ÉLÈVE DE L'ÉCOLE NORMALE SUPÉRIEURE
PROFESSEUR AU LYCÉE DE NIORT

PARIS
ALPHONSE PICARD, ÉDITEUR
82, RUE BONAPARTE, 82

1888

PETITES ÉTUDES LITTÉRAIRES

AVANT-PROPOS

On trouvera réunis ici, sous un titre qui n'a rien de nouveau, un petit nombre d'essais dont deux ou trois, le dernier entre autres, datent déjà de quelque temps. Il eût été facile de grossir de beaucoup ce recueil; mais en lui laissant ces proportions plus que modestes, l'auteur a voulu s'assurer le seul honneur qu'il puisse espérer, celui d'être lu tout entier. Si en outre on reconnaissait dans le présent opuscule quelque souci de la précision, il s'estimerait amplement récompensé du soin qu'il lui a donné et verrait dans cet éloge un encouragement précieux à de plus considérables travaux. En attendant, il offre sans trop d'appréhension les pages suivantes aux lecteurs, assez rares, il en convient, pour qui ce genre d'études peut

avoir quelque intérêt, — persuadé que de la
part même de ceux qui le goûteront le moins
il lui sera beaucoup pardonné en faveur de
son sincère amour pour les lettres, au service
desquelles il regrette vivement de ne pouvoir
mettre, avec la bonne volonté qui ne lui manque
pas, une plume plus habile, un esprit plus
pénétrant et une érudition plus étendue.

LE SENTIMENT DE LA NATURE

DANS LA FONTAINE

Certaines passions de l'âme humaine sont, semble-t-il, susceptibles de quelque variation. Sans doute, l'homme, considéré en général, reste le même à travers les âges, mais la civilisation, qui est son œuvre, réagit à son tour sur lui et modifie en se développant quelques traits de sa nature. Le sentiment de l'amour, par exemple, s'est affiné; nous comprenons difficilement l'*amour-maladie*, tel qu'il nous est décrit par plusieurs poètes anciens. (1) Le sentiment de la patrie a été certainement plus vif à quelques époques qu'à d'autres. On a remarqué que le *Cid* de Corneille, qui est une apologie du caractère espagnol, avait été joué sur notre théâtre en 1636, au moment où nous étions en guerre avec l'Espagne, et cela sans indigner les esprits. En 1871, comment auraient été reçus à Paris une tragédie ou un drame où l'on aurait fait une aussi flatteuse peinture du caractère allemand ?

Parmi les sentiments qui ont le plus fait de progrès dans les temps modernes, il faut compter le sentiment de la nature. On a dit avec raison que c'était proprement une conquête du XVIIIᵉ siècle, et plus particulièrement de J.-J. Rousseau. L'idée fixe du philosophe

(1) Voyez entre autres Sophocle, *Trachiniennes*, vers 445 et suiv.

Genevois fut en effet de ramener l'humanité à l'*état de nature* dont l'avaient éloignée les arts et la civilisation, et de se faire lui-même, du moins autant qu'il le put, l'homme de la nature. « Je ne peux plus *sans horreur* souffrir l'aspect d'une rue ; *je mourrai de tristesse* quand je cesserai de voir des prés, des buissons et des arbres devant ma fenêtre. » (1) Cette admiration nouvelle et exclusive pour les beautés des lieux sauvages, et l'éloquence passionnée avec laquelle il sut l'exprimer, opérèrent en quelques années une révolution morale et littéraire (2) dont l'influence fut décisive. Combien les poètes modernes ont été loin dans la voie que Rousseau leur avait ouverte, on le sait. Ils ont peint ou chanté sous toutes les formes la grandeur du monde extérieur et cherché à traduire chacun à sa manière, qui ne diffère pas toujours sensiblement de celle des autres, les affinités secrètes de ses phénomènes et de nos passions. Les choses ont eu pour eux des paroles qu'ils ont entendues, des soupirs qu'ils ont recueillis, et volontiers, à la suite de Saint-François d'Assise, ils ont dit au soleil : « mon frère ! » aux hirondelles : « mes sœurs ! » ou, comme madame de Guyon, dans un de ses élans de mysticisme : « Ces eaux, mais ce sont des âmes ! » Et que cette veine poétique, ouverte par Rousseau, ait eu parfois des résultats fâcheux, je ne songe pas à le nier. A force de saluer la nature du nom de Divinité et de la considérer comme l'inspiratrice souveraine, n'en est-on pas venu depuis à supprimer trop souvent la distinction entre ce qui est intéressant et ce qui ne l'est pas ? Puisque rien n'est muet dans la création, que tout y a également sa raison d'être, que tout

---

(1) *Lettre à Madame de Boufflers*, août 1761.
(2) Voyez Appendice.

concourt pour une part égale à l'universelle harmonie, pourquoi se mettre en peine de faire un choix ? Tout spectacle est bon à reproduire ; le premier coin venu de ciel, de terre ou de mer mérite l'honneur d'une description. Et peu à peu, comme il est infiniment plus facile de décrire que de penser, la description tient lieu de tout. *L'homme*, disait-on autrefois, *est un être dont l'essence est de penser.* On a trop souvent jugé depuis que la plus noble et la plus poétique occupation de l'homme était de se perdre dans l'admiration des choses qui sont autour de lui et qui ne pensent pas. — Tels sont les abus du genre. Ce n'est pas une raison pour en contester les mérites et l'originalité.

Est-ce à dire pourtant que le sentiment de la nature soit une découverte absolument moderne ? Il ne faudrait rien exagérer. Les anciens ne l'ignoraient pas ; il avait seulement chez eux moins de profondeur. (1) Dans notre littérature même, on en trouve des traces avant le xviiie siècle. Un poète avait sur ce point devancé Rousseau, c'est La Fontaine. Mais pour bien sentir sa poésie, il ne faut pas le juger avec nos souvenirs des écrivains modernes. Nous sommes si gâtés par les couleurs, qu'une partie du charme serait perdue pour nous. Si l'on veut comprendre pleinement La Fontaine et le goûter, il faut le replacer parmi ses contemporains, dans son milieu.

(1) Les anciens n'ont jamais pratiqué la peinture de la nature pour elle-même ; ils la peignent incidemment avec vérité, mais avec brièveté, et à l'occasion d'un récit épique, d'un dialogue de bergers, etc. Certains anciens, par exemple Socrate, dans le *Phèdre* de Platon, déclarent formellement que la nature ne les intéresse pas. Il est vrai que c'est au milieu d'une promenade charmante, les pieds dans l'Ilissus, que Socrate s'exprime ainsi. L'aveu n'en est pas moins explicite. Et de même, comme le remarque excellemment M. Émile Faguet (Etud. litt. xixe siècle, p. 203), « la faculté de saisir l'âme obscure des choses n'existe pas chez les classiques. C'est nous qui la leur prêtons, de force, à grand renfort de spirituels contre-sens sur les *lacrymæ rerum* et les *amica silentia lunæ*. »

I

On peut dire qu'en général nos écrivains du XVII° siècle n'ont guère connu la nature et qu'on est mal venu à chercher dans leurs ouvrages une peinture bien expressive du monde extérieur.

Ici cependant comme partout, le paradoxe a tenté quelques esprits. On s'est mis en tête d'arguments pour montrer combien ce jugement était faux, et on a cru en trouver dans des vers de quelques poètes de second ou de troisième ordre. Cyrano de Bergerac, ce grotesque de la littérature qui rencontra plus d'une fois sous sa plume aventureuse des idées raisonnables et de piquantes saillies, n'a pas manqué d'être mis à contribution par les critiques. On s'est aperçu qu'un autre écrivain inégal mais fécond, que le rude bon sens de Boileau avait discrédité, Saint-Amand, avait semé dans ses ouvrages bon nombre de pages, ou tout au moins de traits qui montrent une âme facilement émue par les beautés du monde extérieur, et des descriptions qui, pour être toutes déplacées là ou l'auteur les insère, ne manquent pas de mérite quand on les lit isolément. L'*Ode à la solitude* a été surtout mise en honneur. Enfin on a cité de Théophile de Viau des stances descriptives sur

> Ces bois verdissants
> Où nos îles et l'herbe fraîche
> Servent aux troupeaux mugissants
> Et de promenoir et de crèche,

comme aussi sur

> le touffu jasmin
> Qui fait ombre à tout le chemin
> Et le parfume d'une fleur

Qui conserve dans la gelée
Son odorat et sa couleur,

sans compter une pièce « divinement embaumée de l'émanation des fleurs sauvages, un tableau d'une couleur transparente et fraîche dans le goût de Giorgione » (1).

Vois-tu ce tronc et cette pierre ?
Je crois qu'ils prennent garde à nous...

Ces traits en effet ne manquent point de grâce. Mais outre qu'on exagère quelque peu le mérite de ces vers faciles et ingénieux, on oublie qu'il est absolument impossible de juger la littérature d'un siècle en prenant pour texte de ses commentaires un certain nombre de passages habilement choisis dans les livres médiocres — pour ne pas dire plus — d'auteurs qui en réalité ne comptent pas. Ceux qu'on allègue ici sont hors de cause : ce sont des exceptions, et même pas très heureuses. Ils vivent en quelque sorte hors de la société qui les entoure ; ils ne subissent pas l'influence de leurs contemporains, ou plutôt, ce qui est le propre des grands écrivains, ils n'imposent pas à leurs contemporains leur domination. Quand on veut étudier le caractère général de l'époque où ils ont vécu, mais où ils n'ont pas régné, on peut sans inconvénient les omettre. Quand on parle du XVIIe siècle, c'est avant tout des grands écrivains qu'on doit s'occuper. Ont-ils peint d'après nature le monde extérieur ? Ont-ils devant lui éprouvé certaines des émotions que nous éprouvons aujourd'hui ? C'est à ces termes que se réduit la question.

Il est des auteurs qu'on peut, semble-t-il, tout d'abord écarter : ceux qui ont écrit pour le théâtre. —

(1) Théophile Gautier. *Les Grotesques.*

Corneille a bien son vers du *Cid* et quelques autres qu'on trouverait dans ses poésies détachées ; mais en général le pittoresque n'a rien à voir chez lui. Son style a une sorte de brièveté stoïcienne et de nudité athlétique (1) qui n'admet guère d'images, outre que les sujets qu'il traite ne comportent point de descriptions. — Un vers de Molière, *La campagne à présent n'est pas beaucoup fleurie*, respire, dit Th. Gautier, « un sentiment de bien-être bourgeois et de ne plus être exposé aux intempéries de l'air, mais qui cependant fait penser, dans cette noire maison du vieux Paris où s'enchevêtrent comme des reptiles les tortuosités de l'intrigue, qu'il y a encore là bas, à la campagne, quelque chose de vert, et que l'homme, quoiqu'il ne la regarde guère, est toujours enveloppé de la nature .» Le commentaire est ingénieux, mais évidemment un peu forcé. Un simple mot, écrit en tête de la *Princesse d'Elide*, nous en apprend plus que tout le reste sur les sentiments de Molière et de son public : « La scène se passe dans un lieu *champêtre*, MAIS *agréable*. » Quant à Racine, il avait commencé par des vers d'écolier où se marquait l'épanouissement du jeune homme en face de la nature ; mais ensuite, dans ses tragédies, cette source de poésie disparaît. Ce n'est que beaucoup plus tard, dans quelques passages des chœurs d'*Esther* et d'*Athalie*, qu'il s'en souviendra avec bonheur, mais avec discrétion, et que nous retrouverons en lui l'Acanthe dont parle La Fontaine dans *Psyché*, « *épris des fleurs, des jardins et des ombrages.* »

Son ami Boileau se retire à la campagne pour fuir les ennuis de la ville, peut-être aussi pour imiter

(1) Expressions de M. Constant Martha.

Horace, son modèle constant. On sait en effet que le poète latin, assailli à Rome par les solliciteurs qui le croyaient tout puissant auprès de Mécène, bien qu'il répondit toujours : « Je ne m'occupe de rien (1), » échappait à tous ces embarras en se réfugiant dans sa terre de la Sabine. (2) Au moins Horace avait-il devant lui un paysage sévère, le mont Ustique près de lui et le Lucrétile à l'horizon. Boileau se contente de son jardin d'Auteuil. C'est toute la nature qu'il connaît et veut connaître : lorsque dans ses promenades il rencontre un bois, il s'arrête *au coin*, pour y chercher le mot qui l'a fui, mais il n'a garde d'y entrer. Il a bien autre chose à faire ! Les méchants livres ne lui laissent pas le temps d'admirer les beaux arbres.

Passons-nous aux prosateurs ? Pascal a peur de la nature ; le *silence éternel de ces espaces infinis* l'effraye. Bossuet voit surtout l'œuvre de Dieu à travers la Bible et les auteurs sacrés. Ce qui l'intéresse le plus dans la création, c'est le Créateur. — Les moralistes se mettent peu en peine de détails pittoresques. Beaucoup, comme La Rochefoucauld, ne procèdent que par maximes. La Bruyère fait quelques descriptions, mais rares, et indiquées d'un trait. Le procédé est le même dans tous les Mémoires et les romans du temps. Stendhal (3) a relevé dans la *Princesse de Clèves* une trace d'attention aux choses de la nature. Voici le passage auquel il fait allusion : « La passion n'a jamais été si tendre et si violente qu'elle l'était alors dans ce prince. *Il s'en alla sous des saules, le long d'un petit ruisseau qui coulait derrière la maison*

---

(1) Satires. II, VI. 33.
(2) Cf. Patin. *Horace et ses œuvres*. Études de poésie latine. (Hachette.)
(3) *Mémoires d'un touriste*, 10 mai 1837.

où il était caché. » C'est la description réduite à son minimum.

Fénelon, en parlant le premier de l'indifférence du XVII° siècle pour la nature, en trouvant aux ouvrages de son temps trop d'esprit et point assez de naïveté et en proclamant que la poésie comme la peinture ne devait pas négliger de représenter les choses extérieures, a sur bien des points devancé les modernes. Pourtant, quand il a lui-même tracé le tableau de la nature dans le *Traité de l'existence de Dieu*, il n'a pas été très heureux. Ses peintures ont de la grâce, mais manquent d'ampleur et de force. Les prairies *émaillées de fleurs* sont ce qui le charme avant tout. De même dans *Télémaque* : on sent trop que, ce qu'il décrit, il l'a moins vu avec ses yeux qu'avec son imagination et ses souvenirs classiques. Il a rencontré ses images chez Homère et chez Virgile ; il les a embellies encore et arrangées pour le plaisir du lecteur, mais, comme on pouvait s'y attendre, elles ont ainsi perdu quelque peu de leur vérité : « Télémaque regardait cette ville naissante, semblable à une jeune plante qui, ayant été nourrie par la douce rosée de la nuit, sent dès le matin les rayons du soleil qui viennent l'embellir ; elle croît, elle ouvre ses tendres boutons, elle étend ses feuilles vertes, elle épanouit ses fleurs odoriférantes avec mille couleurs nouvelles ; à chaque moment qu'on la voit, on lui trouve un nouvel éclat... » La plupart des descriptions du livre sont ainsi trop ornées. Fénelon se rappelle trop les anciens. Ils le servent parfois heureusement, car il est arrivé à quelques-uns d'entre eux d'observer le monde extérieur et on peut, rien qu'en les imitant, retrouver des images d'une justesse parfaite ; mais quand on n'a sous les yeux que la copie et qu'on cherche à l'embellir, comment la peinture aurait-elle encore de la précision, du mouvement et de la vie? (1)

Dans cette rapide revue des contemporains de La Fontaine, un nom se présente enfin à nous et, du point de vue particulier où nous nous sommes placé, mérite d'attirer notre attention, — madame de Sévigné. La spirituelle marquise, qui fait pourtant si bonne figure à la cour, s'égare volontiers dans les bois, et nous raconte ses promenades avec une grâce charmante, une émotion profonde et vraie qui se complaît en elle-même, mais qui n'affecte rien. Tandis que Balzac, retiré à Angoulême sur les bords de la Charente, écrivait à Chapelain : « Je ne laisse pas de donner audience à un nombre infini de rossignols, dont tous nos buissons sont animés. Je juge de leur mérite comme vous faites de celui des poètes au lieu où vous êtes. Et en effet, si vous ne le savez pas, apprenez qu'il y autant de différence de rossignol à rossignol que de poète à poète. Il y en a de la première et de la dernière classe. Nous avons quantité de Maillets, mais nous avons aussi quelques Chapelains, » Madame de Sévigné écoute les oiseaux sans se mettre en peine de les comparer avec les rimeurs : « Ah ! la jolie chose qu'une feuille qui chante, et la triste demeure qu'un bois où les feuilles ne disent mot ! » Elle aime son jardin, s'émerveille de voir si grands *ses petits enfants qu'elle y a plantés.* Elle aime ses allées sombres, ses prairies où elle cause avec ses vaches. Elle a des élans soudains, mé-

---

(1) Fénelon était-il capable de peindre par lui-même? Le détail suivant ne semble pas le prouver : « La tradition veut que la description de l'île de Calypso ait été faite d'après une petite île de la Dordogne, située en face de Carennac (Lot), où Fénelon séjourna assez longtemps. L'île s'appelle aujourd'hui *île de Calypso* et le site est ravissant, mais la description de l'écrivain, lue en cet endroit, est, il faut le reconnaître, bien inférieure au modèle. » (G. Larroumet. *Marivaux,* 1 vol. Hachette. p. 393.)

lange de fantaisie, d'imagination et de cœur. Ce qui
donne tant de fraîcheur à son sentiment, c'est qu'elle
oublie assez la nature pour la revoir toujours comme
une inconnue. A tout âge, elle y fait des découvertes,
avec une ingénuité d'enfant. En 1689, elle passe en
Picardie et en Normandie, et elle retrouve un ami
dont elle ne se rappelait pas bien les traits, le Printemps. Pendant seize mois elle reste aux Rochers,
elle regarde et observe la saison naissante. Elle couve
ce spectacle des yeux, elle parie que tel bout d'allée
sera couvert dans deux heures. Elle n'assiste pas à ce
renouveau, elle le presse, elle l'achève. C'est le dernier printemps qu'elle verra. — Telle est sa façon de
comprendre la nature. Elle ne la saisit point dans sa
plénitude et sa variété, mais elle entre avec elle dans
une sorte de commerce amical, et elle en dessine
d'un trait rapide de charmants croquis.

Voyons maintenant ce que le sentiment de la nature est devenu chez La Fontaine.

II

Il y aurait, si l'on voulait être complet, à faire
comme une première moisson de citations dans les
différents ouvrages de La Fontaine et dans sa *Correspondance*, d'un tour souvent si aimable. Il faudrait
noter l'Introduction de *Psyché* où il esquisse lui-
même son portrait sous le nom de Polyphile ; tels
vers gracieux, intercalés dans une lettre à sa femme (1),
où il trace le paysage de la Loire :

> ...Vous croyez bien qu'étant sur ses rivages,
> Mes gens et moi nous ne manquâmes pas

(1) Lettre du 3 septembre 1663.

De promener à l'entour notre vue.
J'y rencontrai de si charmants appas
Que j'en ai l'âme encore toute émue.
Coteaux riants y sont de deux côtés,
Coteaux non pas si voisins de la nue
Qu'en Limousin, mais coteaux enchantés,
Belles maisons, beaux parcs et bien plantés,
Prés verdoyants dont ce pays abonde,
Vignes et bois, tant de diversités
Qu'on croit d'abord être en un autre monde.

Il faudrait recueillir l'aveu suivant dans une *Elégie
à Climène :*

Je puis dire que tout me riait sous les cieux...
Pour moi, le monde entier était plein de délices ;
J'étais touché des fleurs, des doux sons, des beaux jours ;

Celui-ci encore, dans une lettre à Mlle de Champ-
meslé, datée de Château-Thierry : « Que vous aviez
raison, mademoiselle, de dire qu'ennui galoperait
avec moi devant que j'aie perdu de vue les clochers
du grand village ! Bois, champs, ruisseaux et nymphes des prés ne me touchent plus guère depuis
qu'avez enchaîné le bonheur près de vous. » Mais
bornons notre examen aux *Fables.* Notre champ d'ob-
servation reste assez vaste. Aussi bien, La Fontaine
est là tout entier.

Dans chacun de ces petits drames, les animaux sont
en scène. Disons tout de suite, pour n'y plus revenir,
qu'ils ne sont pas toujours décrits fort exactement. La
Fontaine, poète de la nature, n'est pas pour cela naturaliste. Quand on y regarde d'un peu près, on
s'aperçoit qu'il n'a pas étudié avec beaucoup de soin
les mœurs des bêtes. (1) Il est telle fable, *La Cigale
et la Fourmi,* par exemple, où l'on trouve presque à
chaque vers une invraisemblance. Ailleurs, nous

(1) P. de Rémusat. *La Fontaine naturaliste* ; Damas-Hinard. *La Fontaine et Buffon.*

voyons un lapin en fuite entrer dans le trou d'un
escarbot (II, 8) ; ailleurs, nous voyons confondus les
souris avec les rats, le hibou avec le chat-huant, le
chameau et le dromadaire ; ailleurs, nous apprenons
que la queue du serpent est venimeuse (VII, 13),
etc. On a cherché à montrer que La Fontaine, comme
naturaliste, est supérieur à Buffon ; et il faut avouer
que ce dernier a commis de singulières erreurs :
quoiqu'il dirigeât le Jardin du Roi, il assure que
l'éléphant tète par la trompe, et quoiqu'il vécût à
la campagne, il croit que les cornes de bœuf tombent tous les ans comme les bois de cerf ! Mais La
Fontaine se trompe quelquefois non moins grossière-
ment. Si nous attendions de lui une rigueur scientifique, nous serions fort déçus.

En revanche, ce qu'il s'entend admirablement à
peindre, c'est l'apparence extérieure, la physionomie
des êtres, la gent trotte-menu, dame Belette au long
corsage, sa Majesté Lionne, la tortue allant son train
de sénateur, la bégayante couvée des oisillons, l'hi-
rondelle caracolant, frisant l'air et les eaux, et combien d'autres encore ! « Tous les hôtes du paradis
terrestre, depuis la fourmi jusqu'au lion, ne figurent-
ils pas en ses poèmes aussi naïvement que s'ils sor-
taient des mains du Créateur ? » (1)

Il excelle également à peindre les paysages ; paysage
en plein midi :

> Dans un chemin montant, sablonneux, malaisé,
> Et de tous les côtés au soleil exposé ;   (VII. 9.)

paysage lunaire :

> Le temps qui toujours marche avait pendant deux nuits
>   Echancré, selon l'ordinaire,
> De l'astre au front d'argent la face circulaire...   (XI. 6.)

(1) G. Merlet. *Etudes littéraires sur les classiques français.* (Hachette.)

Le long d'un clair ruisseau buvait une colombe...　　　(II. 12.)

... Sur les humides bords du royaume du vent.　　　(I. 22.)

... Un jour
Qu'il (le lapin) était allé faire à l'Aurore sa cour
Parmi le thym et la rosée.
Après qu'il eut brouté, trotté, fait mille tours...　　　(VII. 16.)

Rapprochons deux passages de celui-ci, pour compléter le tableau : (1)

Certain sujet fit naître la dispute
Chez les oiseaux, — non ceux que le printemps
Même à sa cour, et qui, sous la feuillée
Par leur exemple et leurs sons éclatants
Font que Vénus est en nous réveillée.　　　(VIII. 8.)

Les alouettes font leur nid
Dans les blés quand ils sont en herbe,
C'est-à-dire environ le temps
Que tout aime et que tout pullule dans le monde,
Monstres marins au fond de l'onde,
Tigres dans les forêts, alouettes aux champs...　　　(IV. 22.)

Cette peinture si large ne semble-t-elle pas digne du pinceau de Lucrèce ? (2)

La Fontaine parle avec émotion de la nature ; il s'intéresse aux oiseaux, et aussi à l'arbre sur lequel ils se posent. Ce n'est pas lui qui s'extasiait devant les ifs de Versailles savamment alignés, taillés en pains de sucre ou changés de place pour les besoins de la perspective. Voir abattre un arbre est pour lui un spectacle douloureux : (3)

... Il servait de refuge
Contre le chaud, la pluie et la fureur des vents ;
Pour nous seuls il ornait les jardins et les champs.
L'ombrage n'était pas le seul bien qu'il sût faire :
Il courbait sous les fruits. Cependant pour salaire

_____

(1) Voir encore V. 8. (Le Cheval et le loup.)
(2) Voir l'invocation à Vénus, au début du De Natura rerum.
(3) Comparer madame de Sévigné, lettre du 27 mai 1680.

Un rustre l'abattait : c'était là son loyer,
Quoique pendant tout l'an, libéral, il nous donne
Ou des fleurs au printemps ou du fruit à l'automne,
L'ombre l'été, l'hiver les plaisirs du foyer.   (X. 2.)

Il voudrait même, ce qui est plus significatif, qu'on
évitât de le tailler :

Pourquoi cette ruine ? Était-il d'homme sage
De mutiler ainsi ces pauvres habitants ?
Quittez-moi votre serpe, instrument de dommage,
    Laissez agir la faux du Temps.
Ils iront assez tôt border le noir rivage !   (XII. 20.)

Ces derniers vers, d'une mélancolie si touchante,
nous amènent à signaler dans La Fontaine une nuance
nouvelle du sentiment. — Nous avons indiqué en lui
le peintre familier des champs. C'est déjà beaucoup ;
et cependant il y a dans le livre autre chose de plus
pénétrant et de plus véritablement poétique, un sentiment de paix, un besoin de silence qui contraste
avec la vivacité de la plupart des tableaux.

Le poète nous parle en un endroit d'un sage

...assez semblable au vieillard de Virgile,
Homme égalant les rois, homme approchant des dieux,
Et comme ces derniers satisfait et tranquille.
Son bonheur consistait aux beautés d'un jardin.   (XII. 20.)

C'est plus qu'un jardin que demande La Fontaine
dans les vers bien connus, qui sont au nombre des
plus beaux de notre langue :

Solitude où je trouve une douceur secrète,
Lieux que j'aimai toujours, ne pourrai-je jamais
Loin du monde et du bruit goûter l'ombre et le frais ?
Oh ! qui m'arrêtera sous vos sombres asiles !...   (XI. 4.)

Dira-t-on que ce n'est encore là que l'amour de la
campagne ? (1) Le sentiment et l'accent diffèrent

(1) Sur la distinction à faire entre la campagne et la nature, voyez une très
belle page de M. Ernest Bersot. (*Études et discours*, Hachette, p. 182.)

pourtant assez, semble-t-il, de ce que nous rencon-
trons chez les simples amateurs de villégiature. La
Fontaine souhaitant d'apprendre des cieux

> Les divers mouvements inconnus à nos yeux,
> Les noms et les vertus de ces clartés errantes,

élève évidemment ses regards bien au-dessus du
potager. Et si ces textes ne sont pas suffisamment
probants, peut-on garder le moindre doute après
avoir relu ces vers où, méditant comme Pascal sur le
silence éternel de ces espaces infinis et opposant à
l'agitation humaine l'impassibilité et l'immutabilité
de la nature, il nous donne le sentiment et jusqu'à la
sensation de l'immensité :

> ... Quant aux volontés souveraines
> De celui qui fait tout, et rien qu'avec dessein,
> Qui les sait, que lui seul ? Comment lire en son sein ?
> Aurait-il imprimé sur le front des étoiles
> Ce que la nuit des temps enferme dans ses voiles ?   (II. 13.)

> ... En quoi répond au sort toujours divers
> Ce train toujours égal dont marche l'univers ?   (Ibid.)

> ... J'aperçois le soleil. Quelle en est la figure ?
> Ici-bas, ce grand corps n'a que trois pieds de tour ;
> Mais si je le voyais là-haut dans son séjour,
> Que serait-ce à mes yeux que l'œil de la nature ?
> Sa distance me fait juger de sa grandeur ;
> Sur l'angle et les côtés ma main le détermine.
> L'ignorant le croit plat ; j'épaissis sa rondeur ;
> Je le rends immobile, et la terre chemine.   (VII. 18.)

Tels sont les deux ordres de sentiments que nous
trouvons chez La Fontaine. C'en est assez pour montrer que l'apologue ésopique ne supprime point la
nature. Au premier abord, on pourrait le craindre :
quoi de plus contraire à la vérité que ce perpétuel
travestissement des animaux en hommes ? Les animaux ont leur beauté propre qu'il faut essayer de
comprendre. Ils sont intéressants par eux-mêmes,

jusqu'aux petits cochons roses devant lesquels s'extasie M. Taine dans son *Voyage aux Pyrénées.* Déguiser les bêtes, les affubler d'un costume humain, leur prêter notre naturel et notre langage, n'est-ce pas faire une œuvre essentiellement contraire à la poésie ? Rien de pareil dans La Fontaine : cette tradition du genre ne l'a pas gêné ; même dans la convention, il a su rester vrai. Les caractères des hommes et des bêtes sont si habilement confondus, ce que les uns prêtent aux autres est si naturellement présenté, que l'illusion n'est pas détruite. Les darwinistes doivent être contents de La Fontaine : dans ses fables, on ne voit pas où le singe finit, où commence l'homme.

D'ailleurs, il a agrandi les proportions de l'apologue ésopique ; il a cherché des enrichissements, étendu davantage les circonstances du récit (1), mis le tableau dans un cadre. Ce cadre est d'une variété merveilleuse et presque toujours d'une précision achevée. C'est là que le peintre de la nature se révèle pleinement ; c'est là qu'on reconnaît le poète pour qui *tout parle dans l'univers.*

M. Victor de Laprade s'est demandé un jour si La Fontaine avait bien pénétré la nature, et il a conclu que non. (2) Il devait seulement dire qu'ils ne l'avaient pas tous deux comprise de la même manière. La Fontaine ne s'égare jamais en de vagues rêveries, dans la contemplation mystique et confuse des grandeurs de la création, *sur cette échelle d'or qui va se perdre en Dieu.* Il aime la nature d'un amour simple et franc, sans effusion de panthéisme.

---

(1) *Avertissement* en tête du livre VII. — Cf. liv. VI. 1., où La Fontaine, dans le prologue, juge ses prédécesseurs.

(2) *Le sentiment de la nature chez les modernes.* (1 vol. Didier.)

Il n'en est pas le grand pontife, il lui suffit d'en être assez souvent le poète.

III

Reste à expliquer ce fait. — On en a donné quelques raisons qui nous paraissent peu décisives. Nous commencerons par les écarter.

« La Fontaine, dit M. Nisard, avait retenu de l'école de Voiture, qui doit en garder l'honneur, le goût pour la description... Voiture l'avertit peut-être de son propre goût, et il lui donna l'idée de rendre la nature visible dans ses vers. » — C'est là une supposition toute gratuite. Il ne paraît pas que Voiture, si médiocre poète, ait été un si ingénieux professeur de poésie, ni qu'il ait eu tant d'action sur La Fontaine. D'ailleurs le système des deux poètes est essentiellement différent. M. Nisard est le premier à le reconnaître : l'école de Voiture, quand elle est exacte, inventorie ; ses descriptions sont des états de lieux. Alors, quoi de commun entre les deux poètes, et pourquoi imaginer que l'un a mis en pratique les leçons de l'autre ? Le vrai disciple de Voiture, c'est Delille, si l'on veut ; ce n'est pas La Fontaine.

On a vu dans l'influence du christianisme la cause du dédain de la nature au XVIIe siècle. Selon certains critiques (1) le sentiment des beautés naturelles est d'autant plus vif que la foi est plus faible. La Fontaine, étant un croyant médiocre, aurait donc pu goûter la nature tout à son aise. — Assurément la grande poésie n'est prisonnière d'aucun dogme, d'aucune église. Gœthe ne croyait pas au Dieu personnel et

(1) Doudan. *Essai sur les révolutions du goût*, § V.

libre ; mais il eût pu, en y croyant, sentir tout aussi bien la nature. Au XVIIᵉ siècle, c'est presque chez les solitaires de Port-Royal qu'on rencontre l'expression la plus sincère et la plus profonde de ce sentiment, comme on peut s'en convaincre en relisant dans Sainte-Beuve la lettre si charmante que M. Vuillart écrivait à M. de Préfontaine, le 14 mars 1697, « aux premières haleines du printemps et l'âme tout émue d'une légère allégresse. » (1)

L'une des causes qui semblent avoir empêché le siècle de Louis XIV de bien peindre la nature, c'est l'imitation de l'antiquité. Un écrivain veut-il décrire les bois et les campagnes avec leurs habitants ? Au lieu de les observer lui-même, il les étudie chez les auteurs anciens qui les ont observés. Il va chercher ses images chez les Grecs ou les Latins, au lieu de les tirer du propre fonds de son âme touchée par les grands spectacles de la vie. Il y a plus : empruntant aux anciens leur pensée, il emprunte aussi leur langage. Au XVIIᵉ siècle, la mythologie classique envahit tout encore. Il faut qu'elle orne les champs et les forêts qui sans elle seraient dépourvus de charmes. L'Océan, c'est Neptune ; l'orage, c'est Borée ; le soleil, Apollon. Il n'est pas jusqu'à madame de Sévigné qui voyant au Buron, en plein pays Nantais, un bois abattu, ne constate que les dryades affligées et les vieux sylvains ne savent plus où se retirer. C'est ainsi que les scènes de la nature les plus sublimes ou les plus touchantes sont réduites aux proportions d'une froide allégorie. Le cortège aimable, mais inutile, des grandes et des petites divinités du paganisme s'interpose entre l'écrivain et la nature, et le

---

(1) G. Larroumet. *Marivaux* (Hachette), p. 394. — La lettre de M. Vuillart est citée dans *Port-Royal*, tome V. p. 277.

gêne pour la sentir dans sa naïveté. — Eh bien ! La Fontaine imite constamment les anciens pour le fond et pour la forme. On trouve chez lui à peu près autant de mythologie que chez ses contemporains. S'il a mieux qu'eux senti la nature, son originalité tient donc à une autre raison.

La littérature du XVIIᵉ siècle est une admirable psychologie. En aucun temps on n'a écrit si souvent ces mots : « se connaître soi-même, » et en aucun temps on ne s'est mieux connu. C'est de l'homme même que les écrivains et les philosophes ont fait le sujet presque exclusif de leurs méditations. Et dans l'homme, ce qui les touche, c'est l'âme, la pensée. Pascal dira : « Je puis bien concevoir un homme sans mains, pieds, *tête*, mais je ne puis concevoir l'homme sans pensée, » tandis que le plus grand peintre de l'époque, Poussin, définira la peinture « *l'imitation des choses incorporelles* rendues visibles, autant qu'il se peut, par l'imitation des corps. » (1) C'est dans l'âme que le philosophe va chercher le point qui résiste à toute espèce de scepticisme, c'est l'âme qu'étudie l'orateur sacré qui nous fait honte de notre faiblesse et de notre misère. — La Fontaine ferait-il exception à son siècle ? Pas le moins du monde ; il est avant tout moraliste, observateur, psychologue. Il définit son ouvrage

> ... une ample *comédie* aux cent actes divers
> Et dont la *scène* est l'univers,

mais sachons-le bien, la grande affaire pour lui ce n'est pas la scène, c'est la comédie.

On a dit quelquefois que ce qui avait manqué au

_____

(1) Tout ce qui, dans les tableaux de Poussin, est animaux, paysage, etc., laisse voir un complet dédain et une profonde ignorance de la nature.

xvııº siècle, ce n'était pas la faculté de sentir la nature,
mais l'occasion. « Si le ciel eût donné à Paris un lac
et une montagne passable, la littérature française
serait bien autrement pittoresque. » (1) Est-ce tant
que cela l'occasion qui a fait défaut ? On voyageait
alors avec moins de facilité qu'aujourd'hui, mais enfin
on voyageait. Que dis-je ? il y avait des gens qui voya-
geaient beaucoup. Regnard a visité toute l'Europe et
même Alger, dont il dit tout simplement qu'elle offre
*une vue très agréable à ceux qui y abordent par la
mer !* Les grands pins aux environs de Stokolm for-
ment à ses yeux *la plus belle vue du monde.* Mais ce
sont là toutes les émotions qu'éveillent en lui ces
paysages exotiques. Les relations sur la Flandre et la
Hollande, sur le Danemarck, la Pologne et l'Alle-
magne sont extrêmement sèches. Le *Voyage de Normandie* n'est guère que la revue des auberges par
où Regnard a passé ; le *Voyage de Chaumont* est
une chanson qui nous raconte comment il a mangé et
comment il a bu. (2) — La Fontaine a fort peu voyagé ;
non que ce genre de distraction lui déplût : « ce
serait, dit-il, une belle chose, s'il ne se fallait point
lever si matin. » (3) Mais le principal n'est pas de
voyager ; cela n'avance à rien si l'on emporte avec
soi les préjugés du citadin, si l'on trouve comme
madame de Staël que l'agriculture sent le fumier, et
si l'on promène à travers les champs son dégoût des
choses rustiques. La Fontaine à Château-Thierry, à
Châtellerault ou dans les environs de Paris, n'était
pas en présence de spectacles bien prodigieux, (4)
— mais il les voyait, ce qui vaut mieux, en homme

---

(1) Stendhal. *Mémoires d'un touriste.*
(2) Jules Lemaître. *Dancourt et la comédie après Molière.* p. 82, 83.
(3) *Correspondance,* 19 septembre 1663.
(4) Il n'a jamais vu l'Océan.

qui n'avait jamais subi l'influence de la Cour, de
l'Académie et des ruelles.

Au siècle précédent, Ronsard pouvait se permettre
de chanter la nature. Sous Louis XIV, son goût pour
les jardins qui sentent le sauvage aurait paru singulièrement grossier à une société élégante et polie qui,
n'attachant de prix qu'aux belles manières et au
charme ingénieux des conversations spirituelles,
pense avec madame de Rambouillet que « les esprits
doux et amateurs de belles-lettres ne trouvent pas
leur compte à la campagne, » et qui, ne consentant
point à sortir de ses salons pour contempler la nature,
en arrive peu à peu à se représenter la nature comme
un salon. (1) Cette littérature sortie des *chambres bleues*
ou autres vaut la peine qu'on s'y arrête. Avant La
Fontaine, la fable n'existait pas ; mais considérons
l'églogue, l'un des genres qui furent alors le plus en
faveur. — « On m'a appris il y a quelque temps
un air *tout à fait joli*, dit M. Jourdain ; attendez, là...
il y a du mouton dedans. » Le XVIIe siècle tout entier
est de l'avis du bourgeois-gentilhomme ; il goûte
autant que n'importe quel autre les prés et les bergers. Il lui faut seulement des bergers spirituels et
des prés toujours verts. Les acteurs et les actions
doivent avoir la plus riante douceur et en même
temps la plus parfaite noblesse. Est réputé *noble* ce
qui, sans s'écarter de la vraisemblance, soutient un
certain caractère de bienséance et de dignité. Les
bergers doivent être tous bons moralement ; la colère
toutefois ne leur est pas interdite. Quand ils sont
offensés, ils peuvent prendre les rochers à témoin de
leur douleur ; à la rigueur, ils peuvent se jeter dans

---

(1) « *Si canimus sylvas, sylvæ sint consule dignæ !* » Ce maudit vers de
Virgile a eu la plus désastreuse influence sur les destinées de la poésie champêtre.

l'eau, mais à condition de ne pas s'y noyer, sans quoi l'églogue empièterait sur la tragédie. Tels sont quelques traits de la poétique du genre, sans parler du langage qui a également ses lois. Il est beaucoup de mots qu'on ne saurait souffrir. Le terme d'*avoine* est considéré comme bas, on dit du *froment* ; plus de porcs, des *sangliers* ; plus de bœufs ni de vaches, des *taureaux* et des *génisses*. — Voilà comment le siècle de La Fontaine comprend la poésie bucolique, qui est de tous les genres de poésie celui où doivent dominer le plus le naturel et même la naïveté. La naiveté est traitée de bassesse, et l'esprit de société a chassé le naturel qui, malgré le vers célèbre, n'est pas revenu au galop !

Heureusement pour La Fontaine, sa simplicité qui le rendait impropre aux relations du monde le retint dans la solitude et lui fit retrouver la campagne telle qu'elle est, la nature sans fard, et les bergers sans houlettes.

Mais, pour avoir le sentiment profond de la nature, une certaine candeur rustique ne suffit pas : il faut posséder aussi à quelque degré la science de la nature. « Il y a un goût des bêtes, a-t-on dit, qu'on ne peut avoir sans être un peu physiologiste ; il y a un goût des plantes que leur anatomie seule peut inspirer. Racine admire l'*aimable peinture des fleurs* ; Rousseau sait voir leurs organes et les aime, il comprend cette vie sourde, qui circule sans cesse à travers les êtres, ces forces cachées qui travaillent sans relâche au sein de la nature, et la nature a pour lui plus d'attraits. » La Fontaine, nous l'avons vu, n'était pas un naturaliste ; mais une sorte d'instinct lui tint lieu de science et le mit en garde contre les doctrines alors en faveur, si étroites par certains côtés.

Pour Descartes, les animaux ne sont que des machines. Ils agissent comme tournent les aiguilles d'une montre ; ils crient sous les coups de bâton comme un tambour résonne sous les baguettes. (1) Madame de Sévigné objectait avec vivacité : « Des machines qui aiment, des machines qui ont une élection pour quelqu'un, des machines qui sont jalouses, des machines qui craignent ! Allez, allez, vous vous moquez de nous ! » — La Fontaine s'insurge également contre cette philosophie, et c'est après une réflexion méthodique qu'il invente une âme à l'usage des rats et des lapins : (X. 1.)

> Je subtiliserais un morceau de matière
> Que l'on ne pourrait plus concevoir sans effort,
> Quintessence d'atome, extrait de la lumière,
> Je ne sais quoi plus vif et plus mobile encor
> Que le feu... (2)

Il leur refuse la conscience, (3) mais il leur donne la pensée. C'est ainsi que l'aimable disciple de Platon contredit le grave auteur du *Discours de la Méthode* ; et sur ce point particulier (et capital), le plus philosophe des deux, c'est évidemment le poète. Sa conception du monde est plus vraie, outre qu'elle est plus belle. C'est à peu de chose près celle à laquelle nous ont conduits les progrès de la science. C'est simplement la poésie qui y avait mené La Fontaine ; mais comme sa doctrine a ensuite agi à son tour sur sa poésie ! Quelle sympathie plus vive nous éprouvons pour les animaux et pour tous les êtres de la création lorsque nous voyons le lien qui les unit à

(1) *Discours de la méthode*, V⁰ partie.
(2) Rapprocher XI. 9 ; X. 4.
(3) Cf. IX. 7 :
> Tout débattu, tout bien pesé
> Les âmes des souris et les âmes des belles
> Sont très-différentes entre elles.

nous, lorsque nous savons qu'à quelque degré nous nous retrouvons en eux !

Eloignement de la société trop polie et de la vie trop factice des littérateurs de l'époque, libre philosophie qui, sans tomber dans aucun excès, donne droit de cité à tous les êtres de la création, — telles sont donc en définitive les deux causes qui nous paraissent avoir fait de La Fontaine, entre tous les écrivains du XVIIᵉ siècle, le peintre de la nature. Au reste, ne nous le dissimulons point, nos raisons n'expliquent pas tout. N'oublions pas, en terminant, d'éclairer la lanterne, en disant que l'auteur des *Fables* était tout simplement un grand génie, qu'il avait reçu ce don merveilleux de s'intéresser à tout avec une candeur épique, et qu'il était le plus véritablement poète d'un siècle qui a pourtant compté de si grands poètes.

LA VERSIFICATION DE LA FONTAINE [1]

La versification est une partie capitale de la poésie. On conçoit la poésie sans le vers; on appliquera très bien le nom de poète à un prosateur éloquent et imagé, Bossuet par exemple; mais « la sentence pressée aux pieds nombreux de la poésie, » comme dit Montaigne, a un charme bien plus grand. S'il en est ainsi, le système de versification adopté par un poète a une extrême importance, car de là dépend une partie de l'effet qu'il produira sur nous. On s'en aperçoit bien, quand on lit un poète traduit : ce sont les mêmes idées, c'est le même mouvement, mais le rythme faisant défaut, cet art délicat et subtil du *mot mis en sa place* cessant d'être sensible, une moitié du plaisir est pour nous perdu. Etudier de près la versification d'un poète est donc une excellente manière de le mieux comprendre. C'est saisir sur le vif une des causes de son originalité, car la versification, qui a dans chaque langue des règles fondamentales, est dans le détail quelque chose de fort variable et susceptible de modifications à l'infini. Examinons La Fontaine à ce point de vue.

Toute étude sur la versification d'un poète français

---

[1] « Quiconque veut étudier la rythmique française peut ne lire que *La Fontaine* et *Hugo*, et négliger tout le reste. » (Emile Faguet. *Etud. litt. sur le XIX° siècle* ; 3° édit. 1887 ; page 237.)

doit porter nécessairement sur ces trois objets : la rime, la constitution du vers, et le rythme ou la succession des vers. Commençons par la rime.

I

C'est un des éléments essentiels du vers français. Sans elle, « notre versification tomberait, » comme le reconnaissait Fénelon, qui lui adresse d'ailleurs tant de reproches dans sa *Lettre à l'Académie*. Ce charmant poète en prose voit en elle un inutile obstacle, si elle a trop d'exigences. Elle condamne le poète à des épithètes forcées, elle rend la facture raboteuse et languissante. Il souhaitait qu'on en allégeât les chaînes. La Fontaine au contraire, pas plus que nos grands poètes, ne s'est plaint de la sévérité de notre code poétique à cet endroit. On ne voit pas que la règle l'ait gêné. Notons pourtant les quelques libertés qu'il prend avec elle.

1° Il est rare, au XVIIe siècle, de faire rimer simplement avec une lettre. Cette rime commode a le défaut de ne pas satisfaire pleinement l'oreille. — La Fontaine joint l'un à l'autre *vu* et *retenu* (I. 8) ; *estropia* et *chassa* (XI. 9) ; *mari* et *ces deux points-ci* (VII. 5), etc...

2° La quantité des mots en *ent* et en *é* est si grande dans notre langue, que de bonne heure les poètes se sont entendus pour ne les appareiller qu'à des mots de terminaison identique, avec la même consonne d'appui. — La Fontaine joint malgré l'usage *magnifiquement* à *enfant* (II. 1) ; *il ment* à *garant* (X. 1) ; *faon* à *rugissement* (X. 13) ; *aucunement* à *pédant* (IX. 5); *passé* à *né* (I. 10) ; *péchés* à *côtés* (VII. 2), etc...

3° Malherbe voulait qu'on rimât pour l'œil autant que pour l'oreille. — La Fontaine accouple sans difficulté *Jupiter* et *perd* (VIII. 20) ; *nullement* et *croyez-m'en* (VIII. 21) ; *instant* et *étang* (X. 4) ; *prévôts* et *animaux* (V. 19), etc...

Il sent bien que dans ces différents cas il commet quelque irrégularité. Il se fait lui-même poser l'objection dans des vers d'une fine ironie :

> ... Il entend la bergère adressant ces paroles
> Au doux Zéphyr, et le *priant*
> De les porter à son *amant*. —
> Je vous arrête à cette rime,
> Dira mon censeur à l'instant ;
> Je ne la tiens pas légitime
> Ni d'une assez grande vertu.
> Remettez pour le mieux ces deux vers à la fonte !   (II. 1.)

C'est justement ce qu'il ne voulait pas. Non qu'il se fît faute de se corriger, mais il n'était pas fâché à l'occasion de secouer un peu le joug de Malherbe. L'importance attachée à la rime par le poète qui, suivant son expression, *avait pensé le gâter* (1), lorsqu'à ses débuts il l'avait pris pour modèle, cette importance lui paraissait excessive. La forme devenait trop souvent la chose capitale. Il arrivait qu'avec de la prose scandée, et agrémentée de bonnes rimes, on se tirait d'affaire à trop bon marché. Nous avons sur ce point un témoignage de La Fontaine, précieux à recueillir. Il se trouve dans la comédie intitulée *Clymène* :

> Chacun forge des vers ; mais, pour la poésie,
> Cette princesse est morte, aucun ne s'en soucie.

---

(1) Voyez l'*Epître à Huet*, où il se félicite d'avoir quitté à temps ce dangereux modèle. On a cru, et l'on dit encore souvent, que ce passage était à l'adresse de Voiture. Mais, suivant une remarque ingénieuse de M. Petit de Julleville, le dernier vers : *Tous métaux y sont or, toutes fleurs y sont roses*, emprunté textuellement à une églogue de Malherbe, ne peut laisser aucun doute sur la pensée de La Fontaine.

> Avec un peu de rime on va nous fabriquer
> Cent versificateurs en un jour, sans manquer.

Telles sont ses restrictions, mais il ne va pas plus
loin. Pour le reste, il demeure disciple de Malherbe ;
il rime richement, — sans recherche puérile, — quand
il le faut. On ne se faisait pas alors une obligation de
la rime riche, témoin cet exemple de Corneille :

> Et malgré la fureur de ton lâche *destin*
> Je te la donne encor comme à mon *assassin*,   (*Cinna.*)

quand *dessein* eût été si facile ! Mais d'ordinaire on
en usait volontiers. Racine, entre autres, rime en
général très bien. — Si l'on pouvait lui adresser un
reproche, ce serait celui qu'a exprimé Théophile
Gautier : « Ses rimes sont souvent choisies dans des
tonalités sourdes. Les rimes en *er* et en *é* se repro-
duisent avec une uniformité fatigante. Les sons
riches, éclatants et d'un accent ferme, semblent être
évités comme à dessein par le poète. Ce retour inva-
riable de rimes voilées donne à la versification quelque
chose de languissant et d'éteint. » (1)

On ne saurait faire au fabuliste un semblable reproche. Ses rimes ont une extrême variété. Boileau
aurait pu, tout aussi bien qu'à Molière, et peut-être
mieux, lui demander « où il trouvait la rime. » Il ne
va pas toujours la chercher bien loin, mais avec
quelle habileté il l'amène ! Les plus vulgaires ont,
sous sa plume, l'air d'être des trouvailles :

> Doux trésors, se dit-il, chers gages, qui jamais
> N'attirâtes sur vous l'envie et le *mensonge*,
> Je vous reprends ; sortons de ces riches palais
>   Comme l'on sortirait d'un *songe* !   (X. 10.)

Les vers faits pour la rime ne sont jamais faibles

(1) *Littérature dramatique*, 8 janvier 1844.

chez lui ; ils complètent la pensée. Ce sont des coups
de pinceau ajoutés, et destinés à achever le tableau.
Les chevilles (inévitables), si funestes aux poètes de
moindre talent, comme Boileau (1), sont chez lui une
grâce.

II

La césure. — La césure est un repos dans le vers.
Dans quel vers? Celui de huit syllabes n'en a pas ; les
autres plus petits, encore moins. Le vers de dix syllabes en a une, soit après la quatrième, soit après la
cinquième. La première forme seule *(un bûcheron —
perdit son gagne-pain)* a été employée par La Fontaine, et ce vers devenant absolument inharmonique
sans le repos à place fixe, il l'y a toujours ménagé.
     La question de la césure est plus compliquée quand
il s'agit de l'alexandrin. — On connaît la règle de
Boileau :

> Gardez que dans vos vers le sens coupant les mots
> *Suspende* l'hémistiche, en marque le repos.

L'Art poétique ne fut promulgué qu'en 1674. Les
six premiers livres des *Fables* avaient paru depuis
plusieurs années. Dirons-nous que La Fontaine, igno-
rant le précepte, n'a pu s'y conformer ? Ce serait une
erreur. Boileau n'a rien inventé, n'a rien régenté ; il
n'a fait que constater l'usage, que tirer les leçons des
ouvrages de son siècle, que réduire en formules commodes les théories courantes. Les *Poétiques* ne pré-
cèdent pas les poètes ; elles viennent après. La loi
était donc connue et observée. Malherbe avait donné

---

(2) Même chez Molière, la rime amène bien des platitudes, des répétitions
faibles, etc. — Voir l'*Etude sur Molière*, de M. Edmond Schérer. (Etude de
litt. tome VIII.)

l'exemple et, dans son *Commentaire sur Desportes*, indiqué les fautes à éviter : « C'est un vice, quand dans un vers alexandrin le verbe gouvernant est à la fin de la moitié du vers et le vers gouverné commence l'autre moitié, etc. » Cette loi rigoureuse ne fut en réalité jamais strictement observée. Elle n'est pas fondée en raison, ce n'est pas un besoin de l'oreille. L'alexandrin, vu sa longueur, peut se décomposer en parties inégales, sans cesser d'être harmonieux. Il y a toujours à l'hémistiche un léger repos, mais assez souvent la véritable césure est placée ailleurs. Les exemples abondent dans Racine :

Si toutefois on peut l'être | avec tant d'ennuis   (*Thébaïde.* v. 590.)
Si votre cœur | devait en être séparé.   (*Britannicus.*)
Il faut que vous soyez instruit, | même avant tous.   (*Athalie*, vers 1267.)
Si je te hais, | est-il coupable de ma haine ?   (*Andromaque*, 1030.)
Vous seule avez poussé les coups. | Tais-toi perfide! (*Ibid.* 1534.)
Je puis l'aimer, | sans être esclave de mon père.   (*Ibid.* 241.)

Voilà pour les tragédies, sans compter bien d'autres coupes analogues. — La comédie, au moins avec Racine (*Les Plaideurs*, 1668), se permettait mieux encore ces déplacements de la césure :

Tous ces Normands | voulaient se divertir de nous...
Voici le fait : | depuis quinze ou vingt ans en çà...
C'est dommage ; | il avait le cœur trop au métier...

Nous retrouvons dans l'alexandrin de La Fontaine cette même liberté d'allure :

Un manant | au miroir prenait des oisillons...   (VI. 15.)
Le plus vieux | au garçon s'écria tant qu'il put...   (III. 1.)
Disant ces mots, | il fait connaissance avec elle...   (IV. 4.)
Découragés | de mettre au jour | des malheureux...   (XI. 7.)
Et de son bec | avait leur troupeau mutilé...
Mais comment ? | Otons-lui les pieds. | Or trouvez-moi... (XI. 9.)

Etc., etc...

Telle est la particularité remarquable que le vers

de La Fontaine offre à ce point de vue. Si, dans les exemples que nous venons de citer, le lecteur *suspendait l'hémistiche*, il ne comprendrait plus rien. Quand on lit les *Fables*, il faut toujours avoir à la pensée qu'entre les mains de l'auteur le rigide alexandrin est devenu l'instrument le plus souple. — Nous allons d'ailleurs en voir une autre preuve.

L'enjambement. — C'est à Malherbe que Boileau fait honneur de ce qu'il considère comme un progrès : « Et le vers sur le vers n'osa plus enjamber. » En effet, le législateur défendait qu'un vers empiétât sur le suivant, et ce qu'il aimait surtout chez Maynard, c'est que chez lui chaque vers forme presque toujours un sens complet. Peut-être, par réaction contre l'école de Ronsard qui abusait de l'enjambement, a-t-il été trop loin. Dans les autres langues, les vers enjambent fort bien, en latin, en grec, etc... Pourquoi pas chez nous ? Ne peut-on pas avoir recours à ce procédé pour produire un effet, pour rompre même tout simplement, à un moment donné, la monotonie du vers ? On l'a pensé de nos jours, et même au siècle de Boileau, on en jugeait quelquefois ainsi. La dignité du vers tragique, qui comportait sans trop de peine un déplacement de césure, se refusait à l'enjambement. Ceux qu'on peut noter chez Racine sont rares :

> Je parlerai, madame, *avec la liberté*
> *D'un soldat*, qui sait mal farder la vérité.　　　　(*Britannicus.*)

> ... *vous entendiez assez*
> *Des soupirs*, qui craignaient de se voir repoussés.　　(*Andromaque.*)

Mais dans les *Plaideurs*, comédie d'un genre bouffon, le même poète ne s'est pas gêné :

> ... Exposer à vos yeux l'*idée universelle*
> *De ma cause*, et des faits renfermés en icelle

> ... *et pour d'autres excès*
> Et *blasphèmes*, toujours l'ornement des procès...
> Mais j'aperçois venir *madame la comtesse*
> De *Pimbesche* ; elle vient pour affaire qui presse... (1)
>   ... *Un chien*
> Aux *galères !* Ma foi, je n'y comprends plus rien...
>   ... *Puis donc qu'on nous permet de prendre*
> Haleine, et que l'on nous défend de nous étendre...
>   ... Et vous, venez au fait. *Un mot*
> Du *fait !*

Cet alexandrin docile est, dans bien des cas, celui de La Fontaine dans les *Fables*. Citons un certain nombre d'exemples pour montrer combien le fait est fréquent :

> L'œil éveillé, l'oreille au guet
> S'*égayaient*, et de thym parfumaient leur banquet.   (X. 15.)
>
>   ... On vit *presque détruit*
> L'*ost des Grecs*, et ce fut l'ouvrage d'une nuit.   (XI. 3.)
>
>   ... *véritable patrie*
> Des *Zéphyrs*. Le lion n'y fut pas...   (IV. 12.)
>
> Les derniers traits de l'ombre *empêchent qu'il ne voie*
> Le *filet* ; il y tombe, en danger d'être pris.   (VIII. 22.)
>
>   ... *Quelles rencontres dans la vie*
> Le *sort cause !* Hippocrate arriva dans le temps...
>   ... Les *labyrinthes d'un cerveau*
> L'*occupaient*. Il avait à ses pieds maint volume...   (VIII. 26.)
>
> Retenez bien cela, mon fils. *Et savez-vous*
> Ce *qu'il faut faire ?* Il faut qu'avec notre famille...   (IV. 22.)
>
> Autre procès nouveau ; le *peuple souriquois*
> En *pâtit* ; main vieux chat fin, subtil et narquois...   (XII. 8.)
>
> Tout est géant chez eux. Écoutez-les, l'*Europe*
> Comme l'*Afrique*, aura des monstres à foison...   (IX. 1.)
>
>   Avant que la griffe et la dent
> Lui *soit crue*, et qu'il soit en état de nous nuire...   (XI. 1.)

---

(1) En style soutenu, Racine aurait sans doute ponctué ainsi ces deux vers, en introduisant dans le second une inversion comme on en trouve tant chez lui :

>   Mais j'aperçois venir madame la Comtesse. —
>   De Pimbesche elle vient pour affaire qui presse.

Pimbesche serait un nom de ville ou de château.

Je ne sais quoi plus vif et plus *mobile encor*
Que le feu. Car enfin si le bois fait la flamme...   (XI. 4.)

    A ces mots, *le pâtre s'en va*
Dans un bois. Il y fit des fagots, dont la vente...   (X. 16.)

Enfin me voilà vieille, il me laisse en un coin
Sans herbe. S'il voulait du moins me laisser paître !
Mais je suis attachée ! Et *si j'eusse eu pour maître*
Un serpent ! Eût-il pu jamais *pousser plus loin*
L'ingratitude ?...   (X. 2.)

Remarquons enfin ce vers qui se termine par une conjonction, après laquelle il ne peut y avoir aucune espèce de repos :

Hercule en soit loué ! Lors la voix: *Tu vois comme*
Tes chevaux aisément se sont tirés de là !...   (VI. 18.)

S'il est vrai que l'ennui naisse de l'uniformité, il faut avouer que l'alexandrin de La Fontaine ne saurait être ennuyeux. Il est ondoyant et divers autant qu'on peut le souhaiter. En ce qui concerne le mécanisme du vers, les poètes modernes n'ont rien inventé après lui. On a seulement abusé de procédés dont il usait avec tact et discrétion. Les enjambements sont parfois devenus des « écartèlements, » voilà tout.

III

Mais l'alexandrin, même assoupli, ne suffit pas à La Fontaine. — Quelles autres ressources lui offrait l'exemple de ses devanciers? Les uns avaient usé des vers de six, sept, huit ou dix syllabes à rimes plates ; les autres les avaient disposés en strophes :

Lors sire Rat va commencer à mordre
Ce gros lien; vrai est qu'il y songea
Assez longtemps, mais il vous le rongea
Souvent et tant qu'à la parfin tout rompt,
Et le lion de s'en aller fut prompt...   (Marot.)

Un corbel si était
En un arbre, et mangeait
Un petit de fromage ;
Renard l'a avisé,
Qui tôt fut apensé
De li faire dommage...   (Ysopet du Moyen-âge.)

Le Renard par bois errant
          Va quérant
Pour sa dent tendre pâture ;
Et si loin en la fin va,
          Qu'il trouva
Le coq par mésaventure...   (Guillaume Guéroult.)

Sans recourir jamais à un rythme aussi sautillant, bien peu propre à un récit, La Fontaine s'est servi quelquefois de strophes (I. 20 ; V. 7 ; IX. 6). — Il a écrit des fables en vers de sept syllabes à rimes mêlées (IV. 1, 6), en vers de huit syllabes (IV. 7), et en vers de dix syllabes (V. 1 ; VI. 6 ; VII, 8), enfin en alexandrins à rimes plates (III. 1 ; V. 12 ; XIII. 5),

> ... accouplés deux à deux
> Comme s'en vont les vers classiques et les bœufs;

mais ces différents mètres réguliers sont dans son recueil la très petite exception. C'est à peine si l'on peut ranger dans cette catégorie une quinzaine de fables. Presque constamment, il a usé du vers libre, de ces vers « boiteux, disloqués, inégaux, sans symétrie, ni dans l'oreille, ni sur la page, » qui *rebutaient* le poète des *Méditations*.

L'harmonie en est pourtant bien sensible. Elle est seulement un peu complexe et délicate. Essayons de définir sur quel principe elle repose.

On connaît chez les poètes modernes des changements de rythme frappants: dans l'*Espoir en Dieu* de Musset, après la discussion philosophique, les strophes où le poète s'adresse à Dieu ; dans l'*Ode sur Napoléon II* de V. Hugo, l'apostrophe sublime : *Non, l'avenir n'est à personne !* etc... Une opposition entre deux sentiments ou deux pensées explique le changement du mètre. Dans La Fontaine, c'est la même chose, avec cette seule différence que les oppositions sont généralement moins frappantes et qu'au lieu de changements de tons très marqués nous avons à noter des nuances délicates. Tel est donc le principe qui doit guider le lecteur. Où il serait tenté de ne voir qu'une succession de vers inégaux assemblés sans règle et destinés simplement à faciliter l'écrivain, il doit chercher l'accord parfait entre les idées et les mots, les émotions et l'allure de la phrase, le fond et la forme, et cet accord, il peut être certain de le trouver toujours aisément. La subtilité n'est pas nécessaire ; un peu d'attention suffit pour sentir comment La Fontaine *peint par le rythme*.

L'alexandrin largement déployé sera tour à tour épique et élégiaque :

> Après mille ans et plus de guerre déclarée,
> Les loups firent la paix avecques les brebis...   (III. 13.)
>
> L'air en retentissait de bruits épouvantables,
> La frayeur saisissait les hôtes de ces bois...   (II. 19.)
>
> Comme il sonna la charge, il sonne la victoire.   (II. 10.)
>
> Aurait-il imprimé sur le front des étoiles
> Ce que la nuit des temps renferme dans ses voiles ?   (II. 13.)
>
> Ses œufs, ses tendres œufs, sa plus douce espérance !   (II. 8.)
>
> Oh ! qui m'arrêtera sous vos sombres asiles !   (XI. 4.)
>
> Mortellement atteint d'une flèche empennée,
> Un oiseau déplorait sa triste destinée...   (II. 6.)

Un paysage gracieux et même gai s'esquissera dans une strophe d'une vive harmonie (*Le Héron*, VII. 4). Le départ effaré des petits de l'alouette sera peint par des mots pittoresquement disposés, etc...

Dès lors que ce dessein fut su de l'alouette : —
C'est ce coup qu'il est bon de partir, mes enfants !
        Et les petits en même temps,
        Voletants, se culebutants,
        Délogèrent tous sans trompette.   (IV. 22.)

Le magistrat suait en son lit de justice.
        Après qu'on eut bien contesté,
        Répliqué, crié, tempêté,
        Le juge, instruit de leur malice,
Leur dit : Je vous connais de longtemps, mes amis !   (II. 3.)

        Il y lâche sa bête, et le grison se rue
        Au travers de l'herbe menue,
        Se vautrant, grattant et frottant,
        Gambadant, chantant et broutant...   (VII. 8.)

L'une des fables où le rythme est le plus expressif est *Le Cerf se voyant dans l'eau* (VI. 9). La rêverie du cerf est interrompue par l'apparition d'un chien, et à des mètres lents et harmonieux succèdent des vers de sept syllabes rapides et martelés :

        Tout en parlant de la sorte,
        Un limier le fait partir.
        Il tâche à se garantir ;
        Dans les forêts il s'emporte...

Ailleurs, une objection vivement posée interrompra une suite d'alexandrins où le poète s'abandonne à parler de lui-même (II. 1) :

        Vraiment, me diront nos critiques,
        Vous parlez magnifiquement
        De cinq ou six contes d'enfant !

Une causerie philosophique (X. 1) se développera en vers de douze syllabes et de huit, entrelacés sans ordre rigoureux, comme il sied à la liberté d'un entretien.

Dans le *Paysan du Danube* (XI. 7), écrit également en vers de douze et huit syllabes, plus d'enjambements ; les périodes tombent d'aplomb, comme dans cette strophe à la Malherbe :

Craignez, Romains, craignez que le ciel quelque jour
Ne transporte chez vous les pleurs et la misère,
Et mettant en nos mains par un juste retour
Les armes dont se sert sa vengeance sévère,
                    Il ne vous fasse en sa colère
                    Nos esclaves à votre tour !

Les tout petits vers auront pour effet de détacher un mot spirituel ou décisif :

Et le gouvernement de la chose publique
            Aquatique.   (IV. 11.)

C'est promettre beaucoup, mais qu'en sort-il souvent?
            Du vent !   (V. 10.)

Même il m'est arrivé quelquefois de manger
            Le berger.   (VII. 1.)

L'homme au trésor arrive et trouve son argent
            Absent.   (IX. 6.)

Sans doute, il ne faut rien exagérer. Quelquefois le changement de mètre n'est pas absolument justifié. Il y a du laisser-aller dans plus d'un passage : ces petits vers, par exemple, n'ont de temps en temps pour but que de finir vivement la phrase (II. 15 ; IV. 22 ; VII. 17 ; XII. 11) ; mais en règle générale tous les rythmes divers s'expliquent (1), et ceux qui semblent moins nécessaires ne sont jamais de contresens.

IV

Telle est cette création du vers libre, si curieuse. Toute fatigue est supprimée, tout ce qui ressemblerait à une contrainte n'existe plus. Les rimes sont si heureusement disposées, que le retour des sons paraît une grâce, non une nécessité, et l'on ne saurait trop

(1) Telle fable, comme le Chêne et le roseau (I. 22), supporte du commencement à la fin l'examen le plus minutieux.

admirer « l'élasticité de ces vers qui s'allongent ou
se raccourcissent, courent ou s'attardent, se grou-
pent ou se divisent, se coupent ou s'enchaînent suivant une logique délicate qui détermine les ondula-
tions de la période comme les accidents d'un ter-
rain décident de la pente et du cours sinueux d'un
fleuve » (1).

J'ai dit *création*. Ce n'est pas tout à fait exact.
Avant La Fontaine, le vers libre existait en France (2).
L'*Agésilas* de Corneille date de 1666, l'*Amphitryon*
de Molière de 1668 ; mais *Agésilas* est écrit simplement en deux sortes de vers (douze syllabes et huit).
Quant à *Amphitryon*, le mètre est plus varié (douze,
dix, huit et sept), et l'art y est très remarquable : aux
endroits familiers, les vers jouent presque à s'y
tromper l'allure pédestre de la prose ; aux passages
plus relevés, les vers s'allongent et font sonner plus
fortement leur chute. On peut même noter comme
un raffinement de plus l'absence complète de vers de
six syllabes, « ce qui prouve chez Molière une grande
finesse d'oreille et une entente parfaite du rythme.
Un vers de six syllabes arrivant après un alexandrin
pourrait avoir l'air d'un rejet d'hémistiche, du moins

---

(1) Gustave Merlet, *Études littéraires* (Hachette). — Que pensent d'autre
part les poètes modernes de La Fontaine considéré comme versificateur ? Ils sont
très loin de partager à son égard l'erreur de Lamartine. Voici l'avis d'un des plus
justement estimés de l'un d'entre eux, M. Théodore de Banville, qui est surtout
frappé de la prodigieuse habileté de l'auteur des *Fables* et se refuse absolument à
voir en lui un écrivain naïf : « Ce n'est pas là-dessus, hélas ! qu'on trompera un
versificateur de profession, qui peut apprécier les formidables efforts qu'a deman-
dés la création du vers libre, où le lecteur vulgaire ne voit qu'une succession de
vers inégaux assemblés sans règle et au caprice du poète ! Cette fusion intime de
tous les rythmes, où le vêtement de la pensée change avec la pensée même, et
qu'harmonise la force inouïe du mouvement, *c'est le dernier mot de l'art le
plus savant et le plus compliqué*, et la seule vue de difficultés pareilles donne
le vertige. »

(2) C'est une importation italienne qui date d'une quarantaine d'années avant
La Fontaine. Sorel s'élève contre cette innovation dans un passage du *Berger
extravagant*, roman publié en 1627.

jusqu'à ce que l'arrivée de la rime vînt détromper l'auditeur attentif, et le poète a soigneusement évité de faire naître cette désagréable inquiétude. » (1)

Mais La Fontaine a introduit dans le vers libre plus de liberté encore, si l'on peut dire ; ensuite, son vrai triomphe a été de s'en servir pour le récit. Dans la comédie, il semble que la difficulté soit moindre ; de même dans l'opéra (Quinault en écrivit quatorze fort estimables de 1671 à 1686). Mais dans le récit, la platitude paraît inévitable, et de fait, les fabulistes postérieurs à La Fontaine n'ont guère pu l'éviter. Lui seul a su rester constamment assez poétique pour exceller dans une forme qui ne soutient point l'écrivain et avec laquelle il est si aisé de tomber à chaque pas.

Et maintenant, pourquoi a-t-il choisi ce rythme ? S'il fallait en croire certains critiques, ce serait chez lui le résultat de longues combinaisons et de réflexions profondes. On peut croire avec plus de vraisemblance que c'est, pour ainsi dire, par modestie qu'il a usé de ces petits vers que le XVIIe siècle dédaignait pour le majestueux alexandrin. Il ne prétendait pas faire une œuvre littéraire, et il se donnait libre carrière pour son amusement personnel.

On a quelquefois regretté que Boileau n'ait pas nommé La Fontaine dans son *Art poétique* (2). En somme, c'est peut-être un bien. Si la fable avait reçu en 1674 une place officielle à côté de la tragédie et de l'épopée, qui sait si La Fontaine, en naïf qu'il était, ne se serait pas cru obligé de se guinder et d'introduire plus de régularité compassée dans la versifica-

_____

(1) Théophile Gautier.
(2) Il l'a nommé une fois dans ses vers, mais ailleurs : *Satire sur les femmes*, vers 66.

tion de son second recueil? Boileau aurait peut-être
été content ; à coup sûr, nous n'aurions pu qu'y
perdre, car telle qu'elle est et que nous venons de
l'étudier, pour employer une expression du fabuliste, « c'est proprement un charme. »

III

DE LA NÉCESSITÉ

D'EXPLIQUER LES AUTEURS FRANÇAIS

Il paraît tout naturel d'expliquer dans les classes les auteurs grecs et latins, parce qu'à la simple lecture on ne les comprend pas; mais on trouve inutile d'expliquer les auteurs français, parce qu'on croit les comprendre. Quelques personnes du moins considèrent cet exercice, prescrit maintenant par nos programmes, comme un de ceux qu'on pourrait le plus raisonnablement supprimer. Voltaire, prévoyant sans doute cette innovation introduite dans l'enseignement secondaire, ne disait-il pas déjà : « Toute phrase qui a besoin d'explication ne mérite pas d'être expliquée? » L'auteur d'un livre qui a fait naguère beaucoup de bruit et où, à propos du latin, on discutait d'une manière ingénieuse et le plus souvent paradoxale un certain nombre de questions pédagogiques (1), prétendait à son tour que dans les examens, ni les candidats ni les professeurs ne savaient au juste ce qu'il fallait entendre par ces explications françaises et ne se trouvaient pas moins embarrassés les uns que les autres, par la bonne raison qu'il n'y avait rien à dire. Je vois enfin que certains esprits considèrent comme une nouveauté superflue, sinon

(1) *La Question du latin*, par Raoul Frary, 1886.

dangereuse, les éditions chargées de notes de tout genre, publiées dans ces derniers temps à l'usage de nos élèves. Le commentaire, objecte-t-on, tient plus de place que le texte! C'est de l'érudition, et l'érudition n'a que faire ici. En quoi ce lourd appareil critique peut-il servir pour l'intelligence de Corneille, de Racine et de Molière? Autrefois, on lisait le *Cid* sans tant de difficultés, et on le goûtait mieux. Les chefs-d'œuvre de nos classiques sont aussi jeunes que s'ils dataient d'hier ; nous y entrons de plain-pied, etc. — Ce sont les reproches qu'adressait déjà P.-L. Courier à un éditeur de son temps :

« Ses notes sont pleines de longueurs et d'inutilités. Ne comprendra-t-on jamais que des notes ne doivent point être des dissertations, que les plus courtes sont les meilleures, que l'*explication des mots regarde les lexicographes, celle des phrases les grammairiens?* N'est-ce point assez de travail pour un éditeur d'avoir à choisir entre les variantes, à découvrir et marquer les altérations du texte? A chaque note trois mots suffisent, et les anciens critiques n'y employaient que des signes, d'où est venu le nom même de notes. Bref, dans tout ce qu'on nous donne, je ne vois que des matériaux pour les éditeurs futurs, s'il s'en trouve jamais de raisonnables. Pas un livre pour qui veut lire. » (1)

Encore s'agissait-il là d'une édition d'auteur ancien. Pour les langues mortes ou les langues étrangères, on consent, il le faut bien, à prendre un guide. Mais pour les auteurs français, à quoi bon ce commentaire perpétuel ?

(1) *Lettres*, 2 novembre 1808.

I

D'excellents juges ont pensé au contraire que rien n'est plus utile et n'ont épargné ni leur temps ni leur peine pour nous faciliter la tâche. De là tant de travaux de toute nature dont nos classiques ont été l'objet depuis un quart de siècle, éditions savantes, lexiques, études biographiques et littéraires. Comment enfin, au point de vue spécial de l'explication dans les classes, ne pas rappeler l'ingénieux *Essai* de M. G. Allais (1) et surtout le *Traité* de M. A. Gazier (2), qui nous indique si heureusement la voie à suivre ?

Le plan de M. Gazier me paraît en effet ne rien omettre d'important. Etant donné un passage d'auteur français à expliquer, on commence par dire quelques mots de la biographie de cet auteur et par faire sur le texte quelques remarques historiques. Souvent, la date d'un ouvrage en est déjà une explication. Viennent ensuite les observations littéraires. Quelle est la place du morceau dans l'ensemble ? Telle page de Bossuet, telle scène de Corneille est fort belle en elle-même, isolée de ce qui précède et de ce qui suit : qui ne voit cependant qu'elle gagnera beaucoup à être remise en son lieu ? L'inconvénient des morceaux choisis, si commodes à certains égards, est précisément l'impossibilité où le lecteur se trouve de savoir quelle place tel ou tel passage occupe dans l'ouvrage entier. De là l'erreur qui consiste à ne le considérer que comme un brillant hors-d'œuvre. Au contraire, s'il peut reconstituer le plan et suivre, au moins d'une

(1) Brochure, Delalain.
(2) 1 vol. de 216 pages, Belin.

manière générale, la liaison des idées, combien l'étude
détaillée des quelques lignes qu'il a sous les yeux
devient plus intéressante et plus féconde ! Il fera
après cela des rapprochements littéraires, des observations de goût et des remarques de détail sur le
style, la construction des phrases, qui n'est pas la
même en poésie et en prose, les gallicismes, les tournures et les mots abandonnés par l'usage, les néolo-
gismes, l'orthographe et même au besoin la ponctua-
tion ; la métrique, s'il s'agit de vers, les figures, la
propriété des termes, et enfin, pourquoi pas ? les
étymologies. (1)

On voit combien de choses il y a à dire sur une
page de français, si l'on veut l'étudier dans l'ensemble
et par le menu. Au premier abord, il semble que la
matière soit stérile. A la réflexion, tout un monde de
pensées se découvre. Plus on examine, plus on aperçoit de points à élucider, si l'on veut pénétrer le texte
dans ses moindres nuances ou le faire pleinement
entendre aux autres.

Je sais bien que l'explication, pour être complète,
serait alors infinie. Si, pour rendre compte d'une manière parfaite d'une phrase ou d'un chapitre, on était
toujours obligé d'appeler une douzaine de sciences à
son aide, on n'en viendrait jamais à bout, et le premier résultat de cette méthode, impitoyablement
appliquée, serait un pédantisme insupportable. Des

---

(1) Pour cet ordre de remarques, on ne saurait cependant trop recommander la
discrétion et l'esprit de choix. L'érudition ne doit en tout ceci servir qu'à faciliter
la complète intelligence du morceau que l'on commente oralement ou que l'on
annote. Toute étymologie qui n'a pas pour but immédiat de faire saisir la propriété ou la force du style est hors de place. Le *texte* ne doit jamais être un simple *prétexte* à dissertations philologiques. Si l'on ne veut faire qu'une *étude de
langue*, ce n'est pas la peine, comme le remarquait très bien M. Thurot, de
prendre une page de Bossuet ou de Pascal : un fait-divers du *Petit Journal* est,
à ce point de vue, tout aussi intéressant.

gens de beaucoup d'esprit ne savent pas s'en défendre et font trop volontiers comme l'helléniste Boissonade, dont Sainte-Beuve raconte quelque part le trait suivant. Ayant à étudier dans son cours du Collège de France le dialogue de Platon intitulé *Ion* et qui commence par ces mots : « Bonjour, Ion », il fit sur ces deux mots toute sa leçon de début. Il est vrai qu'en grec cela fait trois mots : Χαῖρε, ὦ Ἴων. L'abus de l'érudition est ici manifeste. Gardons-nous de ce travers. Dans la pratique, beaucoup de choses peuvent et doivent être sous-entendues. Il suffit d'insister sur les principales, en négligeant ce qui se comprend de soi-même et en allant droit aux difficultés. — Réduite à ces justes proportions, l'explication reste très profitable. Ces considérations, ces petits faits, ces minutieux détails philologiques qui, pris isolément, ne semblent pas devoir nous apporter beaucoup de révélations inattendues, jettent au contraire par leur nombre une vive lumière sur le texte. Ils nous montrent à chaque instant des dessous qui auparavant nous étaient dérobés et nous font faire des découvertes dans le connu.

Ne dites pas que ce sont là de pures distractions de lettrés, grands amateurs d'analyse, qui trouvent une joie intime à cette dissection patiente de la pensée des autres. J'accorde qu'il est un ordre de recherches où pourra seul se complaire entièrement l'érudit, et des rapprochements ingénieux qui sont, si l'on veut, des objets de luxe. Mais si l'explication *littéraire* peut en certains cas paraître un agréable hors-d'œuvre, je n'en dirai pas de même de l'explication *littérale*, à laquelle il faut sans cesse recourir.

Nous ne parlons pas, cela va de soi, des auteurs du Moyen-Age, que La Fontaine ne comprenait déjà plus. Pour un lecteur qui n'a pas fait d'études spéciales, il est aussi difficile de traduire un couplet de la *Chanson de Roland* qu'une page de l'*Énéide*. Cette langue a son vocabulaire et sa syntaxe à part. On le sait, et l'on trouve tout naturel de ne pas pouvoir l'entendre sans une préparation qui demande beaucoup de soin.

> ... N'allez pas chercher ce style antique
> Dont à peine les mots s'entendent aujourd'hui ;
> Montez jusqu'à Marot et point par delà lui. (1)

Jusqu'à Marot ? C'est déjà beaucoup. Pour ne citer que les plus grands parmi les écrivains du XVIᵉ siècle, qui peut répondre de faire partout sans erreur le mot à mot dans Montaigne, même quand il se sert simplement de la langue de son siècle ? Que serait-ce si l'on tombait sur un de ces passages où, *pillottant*, comme il dit, les vieux mots français, latins ou gascons, il se fait un style qui n'appartient qu'à lui ? Avec Rabelais, la difficulté n'est pas moindre. Et c'est pourquoi l'on peut bien voir en lui « le mets des plus délicats, » mais non point, malgré La Bruyère, « le charme de la canaille. » Il ne devait guère l'être du temps de Louis XIV. Ce qui est certain, c'est qu'il ne l'est plus du tout du nôtre. La canaille a bien autre chose à lire. Elle a ses auteurs qui connaissent ses goûts et les exploitent en lui servant une littérature immonde et facile, qu'on peut aborder sans le secours d'un glossaire.

Et même, pour entendre ces auteurs du XVIᵉ siècle, un glossaire ne suffit pas. Les tournures latines, qui abondent sous leur plume, à chaque instant vous déroutent. Les commentateurs n'en finiraient pas,

(1) La Fontaine, *Clymène*.

s'ils entreprenaient d'élucider tous les passages obscurs. Il est vrai que la plupart ne se créent pas de tels soucis, ayant pour règle de ne mettre de note qu'aux endroits qui n'en ont pas besoin. Des obscurités! On en rencontre partout, jusque dans certaines phrases qui semblent d'abord très claires. Rabelais écrit dans le Prologue de *Gargantua* : « A l'exemple d'icelluy (du chien) vous convient être sages pour fleurer, sentir et estimer ces beaux livres de haulte graisse, légers au pourchas et hardis à la rencontre, puis par curieuse leçon et méditation fréquente, rompre l'os et sucer la substantifique mouelle. » Que signifie *légers au pourchas et hardis à la rencontre?* D'après la construction de la phrase, les deux adjectifs se rapportent à *livres* et ne présentent alors pas de sens. En réalité, c'est sur le mot *vous* qu'ils retombent, suivant l'interprétation que Littré donne de ce passage, qui n'avait pas échappé à sa curiosité toujours en éveil : « Plusieurs lecteurs aussi furent, pour me servir des termes mêmes de Rabelais qui caractérisent si bien son désir et son espérance, sages à trouver, légers au pourchas et hardis à la rencontre, c'est à-dire qu'ils surent lire entre les lignes, *qu'ils pourchassèrent avec énergie la vérité et qu'ils ne s'effrayèrent point en la rencontrant.* » (1)

Je n'insisterai pas davantage sur les écrivains de la Renaissance. Eux-mêmes ne prévoyaient-ils pas déjà quelles difficultés les transformations subies de leur temps par la langue française réservaient à leurs lecteurs futurs? « Suivant la variation continuelle qui a suivi notre langue jusqu'à cette heure, qui peut espérer, demande Montaigne, que sa forme présente

_____

(1) *Littérature et histoire*, 1 volume, Lidier ; page 173.

soit en usage d'ici à cinquante ans ? Il écoule tous les jours de nos mains, et depuis que je vis s'est altéré de moitié. » — Mais pour le xviie siècle, la question est plus complexe. C'est un lieu commun de dire que, depuis Vaugelas, la langue est restée la même. Et Vaugelas avait en effet le sentiment très profond qu'elle venait de revêtir sa forme définitive. Non qu'il eût tenté une réforme personnelle. Bien qu'il soit nommé cinq fois dans les *Femmes savantes*, il ne faudrait pas voir en lui une sorte de législateur. Il n'était que le greffier de l'usage. Mais il croyait fermement, et avec lui tous ses contemporains, que l'usage ne varierait plus : « Qu'on ne parle plus de changements dans notre langue, disait dans un discours à l'Académie l'abbé Tallemant en 1676 ; *elle est fixée à jamais* par tant de rares ouvrages, et le Ciel préserve ceux qui nous suivront de la voir changer ! » Le Ciel ne nous a pas complètement préservés de ce malheur, si malheur il y a.

Sans doute, le fond de la langue est demeuré, et l'on peut dire que pendant les deux derniers siècles elle a moins changé qu'elle ne faisait autrefois en cinquante ans. Mais elle n'a pas plus qu'autre chose échappé à la loi de la vie, qui est le mouvement. Dans une page où, plus de deux siècles après, il développe à son tour cette idée, que notre vieille et admirable langue, une fois constituée, n'avait plus besoin de changer, M. Renan est obligé de le reconnaître : « Le cardinal de Retz aurait besoin d'un moment de réflexion pour comprendre certaines phrases de Turgot et de Condorcet. Turgot et Condorcet remarqueraient, s'ils pouvaient nous lire, que chez les meilleurs écrivains de notre temps, le sens de quelques mots a pris une extension répondant à certaines idées philosophiques, etc... (1) » — Il y a de même, dirons-nous, dans la langue du temps de Louis XIV, un certain nombre de mots et de constructions que nous avons cessé de comprendre et sur lesquels un lecteur aussi intelligent qu'on le suppose, fera, s'il n'est pas averti, des contre-sens comme un vulgaire écolier.

II

Il faut des exemples. On en trouverait de bien décisifs dans le *Commentaire sur Corneille* de Voltaire, où sont relevées comme fautives tant d'expressions, très françaises du temps de Corneille, et qui en 1764 ne l'étaient plus. Il suffit de feuilleter nos auteurs classiques pour rencontrer à chaque pas des tournures qui ont été abandonnées, des mots qu'on prend aujourd'hui dans une acception très notablement différente, d'autres enfin qui sont pour nous absolument inintelligibles. Les auteurs des *Lexiques* de la collection dès Grands écrivains, Littré dans son Dictionnaire, F. Génin dans ses *Variations de la langue française* (1845), MM. Petit de Julleville, G. Larroumet, Félix Hémon, Bernardin, Léon Robert, Emile Boully, Armand Gasté, Gustave d'Hugues, etc., en ont cité une grande partie dans des publications diverses (2). Il serait aisé, et peut-être utile, de composer, en s'aidant de tant de remarquables travaux,

(1) Discours à l'Académie, 1879.
(2) Voir les *Notions sur les origines et l'histoire de la langue française* (Delalain) et les éditions de Corneille, Racine, Molière, La Bruyère, Bossuet, etc., récemment publiées aux autres librairies classiques. On me permettra de mentionner ici tout spécialement le *Menteur* (Garnier) annoté par mon compatriote Ernest Thirion, la précieuse *Grammaire historique* (Masson) due à M. Ferdinand Brunot, et enfin l'ouvrage très complet dû à M. Clément et tout récemment revu et publié chez Delalain par mon ami J.-L. Clément, son fils.

une sorte de *Dictionnaire de la langue du* XVII° *siècle*. Sans songer ici à en tracer même une esquisse, je signalerai, à l'appui de ce que j'ai dit plus haut, un petit nombre d'observations qui pourraient y trouver place :

AMOUR était souvent féminin, même en prose. On le faisait masculin dans le sens de Cupidon (dieu de l'amour), et dans cette expression : *amour divin, amour de Dieu.* « Hors de ces deux exceptions, il est, dit Vaugelas, indifférent de le faire masculin ou féminin. Il est vrai pourtant qu'ayant le choix libre, j'userais plutôt du féminin que du masculin, selon l'inclination de notre langue qui se porte d'ordinaire au féminin plutôt qu'à l'autre genre, et selon l'exemple de nos plus élégants écrivains qui ne s'en servent guères autrement... Mais depuis quelques années, plusieurs de nos meilleurs écrivains n'ont point fait de difficulté de le faire masculin, et même à la cour on a introduit cet usage, quoique la plupart, *et particulièrement les femmes*, le fassent féminin. »

ANÉANTI, joint à un nom de personne, avec tout son sens de *réduit à néant, réduit à rien* « ... dormir dans la poussière avec les grands de la terre, comme parle Job, avec ces princes *anéantis* parmi lesquels à peine peut-on les placer. » (Bossuet. *Oraison fun. de la duchesse d'Orléans.*)

ARTISAN désigne souvent celui qui excelle dans son métier : « Vous voyez dans les arts des secrets qui ne sont connus que des *artisans*. » (Balzac.) « Il y a *des artisans ou des habiles* dont l'esprit est aussi vaste... » (La Bruyère.) — Se dit également au sens d'*artiste* (La Fontaine, IV. 6). *Artiste* ne paraît avec son sens moderne que dans l'édition de 1762 du Dictionnaire de l'Académie.

BELLE-MÈRE se dit de la femme que, par un second mariage, un père veuf donne comme mère à ses enfants et qui tout naturellement leur déplaît. De là cette phrase de Bossuet *(Oraison de Marie-Thérèse)*, qui, sans cette explication, ne serait pour nous qu'une plaisanterie de vaudeville : « La reine sa belle-mère, *malgré ce nom odieux*, trouva en elle non-seulement un respect, mais encore une tendresse que ni le temps ni l'éloignement n'ont pu altérer. »

BONHOMME, employé dans le sens de vieillard aimable, sans aucune nuance ironique. Sainte-Beuve (1), faute de s'en souvenir, déclare inconvenante la lettre où Balzac annonce, en octobre 1650, la mort de son père à Conrart : « Depuis la dernière lettre que je vous ai écrite, j'ai perdu *mon bonhomme de père...* C'était une antique, digne de vénération et de culte, qui portait bonheur à sa famille, etc... » — De même Dangeau écrivant dans son Journal ces simples mots : « Le *bonhomme Corneille* est mort. »

DÉPLAISIR sert à exprimer les chagrins les plus vifs et les douleurs les plus profondes. Le vieil Horace répond au roi qui lui demande comment il supporte la mort de sa fille : « Sire, avec *déplaisir*, mais avec patience. » Cléopâtre expirant, exhalant sa fureur, ne trouve pas de terme plus énergique : « C'est le seul *déplaisir* qu'en mourant je reçoi ! » *(Rodogune.)* Bossuet, en parlant de Marie au pied de la Croix, *Sermon sur la compassion de la Vierge* : « C'est à vous à méditer en vous-mêmes quel était l'excès de

(1) *Port-Royal*, tome II, p. 63.

son *déplaisir*. » Et Descartes : « J'ai senti depuis peu la perte de deux personnes qui m'étaient très proches *(son père et sa fille)*, et j'ai éprouvé que ceux qui me voulaient défendre la tristesse l'irritaient, au lieu que j'étais soulagé par la complaisance de ceux que je voyais touchés *de mon déplaisir*. » (Lettre de janvier 1641.)

DOCTRINE, instruction, science : « Vous êtes au comble de la *doctrine* et de la vertu. » (Malherbe à Coëffeteau, 1621.) « Boëce, homme célèbre par sa *doctrine* aussi bien que par sa naissance. » (Bossuet, *Hist. univ.*)

EFFICACE, aujourd'hui adjectif, est employé substantivement dans le sens *d'efficacité*, qui ne figure dans aucun dictionnaire avant celui de Richelet (1680) : « *L'efficace* en est plus considérable que le nombre. » (Malherbe. *Épîtres de Sénèque*, 38.) « Sa grâce Ne descend pas toujours avec même *efficace*. » (Corneille. *Polyeucte*.)

ENNUI a un sens très fort, depuis très diminué : « Qui n'eût dit que ces princes *ennuyés* (effrayés) de leurs pertes, allaient accepter la paix ? » (Fléchier, *Marie-Thérèse*.) « Trancher le cours De son règne *ennuyeux* (odieux) et de ses tristes jours. » (Corneille. *Nicomède*.)

ENTRER DANS, comprendre, adopter, partager : « Un roi même... *entre dans* cet esprit de solitude. » (Bossuet. *Sur la véritable conversion*.) « Il faut qu'il écoute mes détails cruels, et qu'il *entre dans* ma colère. » (Sévigné. 1er mars 1684.)

ESTOMAC. Le mot *poitrine* n'est pas employé comme aujourd'hui dans le style noble. On dit : *esto-*

mac. Rodrigue apporte à Chimène son *estomac* ouvert.
Vaugelas donne à ce sujet une explication très curieuse : « *Poitrine* est condamné dans la prose comme
dans les vers pour une raison aussi injuste que ridicule, parce, disent-ils, que l'on dit *poitrine de veau*...
Néanmoins, ces raisons-là, très impertinentes pour
supprimer un mot, ne laissent pas d'en empêcher
l'usage, et l'usage du mot cessant, le mot vient à
s'abolir peu à peu. » — Et en effet, on lit encore dans
Beaumarchais (*Eugénie*, 1767) : « J'ouvrirai mon
habit ; il verra *mon estomac*, mes blessures... »

ÉTONNER, S'ÉTONNER, frapper, être frappé de
la foudre (sens étymologique). « N'excusez point par
là ceux que son bras *étonne* (terrasse). » (*Horace*.)
Aucun *étonnement* (épouvante) n'a leur gloire flétrie.
(Ibid.) On le vit *étonner* de ses regards étincelants
ceux qui échappaient à ses coups. (Bossuet. *Condé*.)
Mon Dieu, pourquoi vois-je devant moi ce visage
dont vous *étonnez* les réprouvés? (Bossuet. *Premier
sermon pour le Vendredi saint.*)

FAIRE, employé à la place de tous les autres
verbes, dont il prend le complément : — Il fallait
cacher la pénitence avec le même soin qu'on eût *fait*
(caché) les crimes. (Bossuet. *Henriette de France.*)
Ctésias, que la plupart des Grecs ont copié, comme
Justin et les Latins ont *fait* (copié) les Grecs. (Id.,
Hist. univ.) Je relis vos lettres aussi bien que vous
faites (relisez) les miennes. (Sévigné. 23 décembre
1671.)

FROID, vain, frivole, un des sens de *frigidus* en
latin. — Outre que leurs fables étaient scandaleuses
et leurs allégories *froides* et forcées... (Bossuet. *Hist.*

univ.) Pompée et ses discours Pour rentrer en Egypte étaient un *froid* secours. (Corneille. *Pompée*.)

GÉNIE, talent inné, petit ou grand, dispositions naturelles. Rien du sens élevé que le mot a pris de nos jours. — Dans son *génie étroit* il est toujours captif. (Boileau.) Chacun selon son *génie* et sa profession. (La Bruyère.)

HONNÊTE HOMME, homme comme il faut, instruit sans pédantisme, bien élevé. Faret, un des prosateurs les premiers en date du xviiᵉ siècle, injustement ridiculisé par Boileau, a écrit un livre qu'un connaisseur (1) qualifie d' « excellent », intitulé *l'Honnête homme, ou l'art de plaire à la cour* (1630). — L'honnête homme est *un homme poli et qui sait vivre.* (Bussy-Rabutin, 6 mars 1679.) Le vrai honnête homme est *celui qui ne se pique de rien.* (La Rochefoucauld, maxime 203.) Il est avantageux partout d'être *honnête homme*, Mais il est dangereux, avec lui, d'être *fat.* (Benserade. *Ballet des Muses.*) Ces deux vers seraient insignifiants si on donnait à « honnête homme » son sens moderne. Il veut dire ici homme élégant, aimable, aimant le plaisir et cherchant à plaire aux femmes. L'exagération de ce caractère produisait la fatuité. Le *fat* était à l'*honnête homme* ce que les Précieuses ridicules étaient aux véritables Précieuses.

IDÉE, non pas notion ou conception, mais image, forme gravée dans l'esprit : « Saint Jean-Chrysostome nous propose une belle *idée* pour connaître les avantages de la pauvreté sur la richesse ; il nous représente deux villes... » (Bossuet. *Sur l'éminente dignité des pauvres.*) Vous leur faites observer (à vos che-

(1) M. F. Hémon, dans son édition de *Polyeucte*.

vaux) des jeûnes si austères, que ce ne sont plus rien que des *idées* ou des fantômes, des façons de chevaux. (Molière. *L'Avare.*)

IMBÉCILE a donné à Voltaire l'occasion d'un de ses plus complets contre-sens, à propos de ce vers de Corneille : « Le sang a peu de droits dans le sexe imbécile. » Le commentateur s'écrie que « c'est une injure très déplacée et très grossière ! » En quoi il se trompe, car *sexe imbécile* signifie exactement ici *sexe faible.*

LENTRIGUET: « Les gens de Lentriguet. » (Molière. *Bourgeois gentilhomme.*) Cela ne veut pas dire, comme l'analogie dans la forme des mots pourrait le faire croire, les gens de basse *intrigue*, les chevaliers d'industrie, mais bien les gens de *Tréguier* en Bretagne, les gens de la campagne, les rustres, comme on dit aujourd'hui *les gens de Carpentras*. Si cette locution n'était pas tombée déjà en désuétude, l'exemple de M. Renan, qui est de Tréguier, et n'a vraiment rien d'un *homme de Lentriguet*, suffirait à lui ôter toute raison d'être.

LIBERTIN, qui n'est pas dévot : « Je le soupçonne encor d'être un peu *libertin* : Je ne remarque pas qu'il hante les églises. » (Molière. *Tartuffe.*) Signifie également, sans aucune nuance défavorable, *qui aime l'indépendance* : « On dira d'un homme de bien, ennemi de tout ce qui s'appelle servitude : Il est *libertin*, il n'y a pas au monde un homme plus *libertin* que lui. Une honnête femme dira de même jusqu'à s'en faire honneur : Je suis née *libertine*. Ces mots, en ces endroits, ont un bon sens et une signification délicate. » (Le P. Bouhours. *Remarques nouvelles*, 1675.)

OPÉRA, action capitale, chef-d'œuvre. La Fontaine dit à un général qui a gagné une bataille difficile : « Vous avez fait, Seigneur, un *opéra*. » (*Épître à Turenne*, 1674.) « Et pour son *opéra*, une soupe à bouillon perlé, soutenue d'un jeune gros dindon. » (*Bourgeois gentilhomme*, IV. 1.)

OÙ, maintenant simple conjonction alternative ou adverbe de lieu, servait pour tous les rapports que nous marquons par *à*, *en*, *vers*, *à qui*, *en quoi*, *auquel*, *par lequel*, *vers lequel*, etc. : « Au logis d'une fille *où* (en qui) j'ai ma fantaisie. » (Régnier.) « C'est ici une aventure *où* je ne m'attendais pas. » (Molière.) *Auquel*, *à laquelle* ne se rencontre pas plus d'une ou deux fois chez Molière. *Lequel* est toujours pris par lui dans le sens interrogatif de *uter* en latin, et jamais dans le sens relatif qu'on lui a donné depuis.

PITOYABLE, digne de pitié, sans aucune teinte de mépris ni de ridicule. Cornélie, dans la *Mort de Pompée*, dit en parlant de son époux dont on lui apporte les cendres : « Je jure donc par vous, ô *pitoyable* reste ! » Et La Bruyère : « Est-il moins dans la nature de s'attendrir sur le *pitoyable* (le tragique) que d'éclater sur le ridicule (le comique) ? »

RECRU, fatigué, harassé : — Il revient de nuit, mouillé et *recru*, sans avoir tué. (La Bruyère.) Un animal déjà épuisé et *recru*. (Bossuet. *Connaissance de Dieu de soi-même*.)

TRAVERSER. Sens très fort. Déranger, contrarier, troubler, susciter de graves obstacles : — Ainsi, par le destin vos vœux sont *traversés*. (*Britannicus*.) Tant de tourments dans les Enfers, après avoir été si envié, si agité, si *traversé* dans une vie si courte. (Fénelon. *Télémaque*, XIX.)

VIANDE, dans le sens restreint de « chair qui est servie à table, » ne s'est généralisé que plus tard. Il désigne toute sorte de nourriture, même des légumes : « Qui nous a donné tous ces arbres fruitiers, toutes ces herbes salutaires, cette *diversité de viandes* qui se succèdent suivant les saisons ? » (Malherbe. Traduction du *de Beneficiis*, IV. 5. publiée en 1630.) *Cette diversité de viandes* traduit *tot varietates ciborum*. « ... Un ragoût, une salade de concombre, *des cerneaux et autres sortes de viandes.* » (Sévigné. 9 août 1689.)

III

Telles sont quelques-unes des particularités qu'on remarque dans la langue du XVIIᵉ siècle et qui, à défaut d'autres raisons, suffiraient à montrer combien il est nécessaire d'expliquer méthodiquement les auteurs français dans nos Lycées.

Je sais bien ce qu'on objecte. Ces difficultés de détail, qu'on ne peut nier, n'empêchent pas, dit-on, de saisir le caractère général d'un morceau, ce qui après tout est l'essentiel. N'est-il pas à craindre au contraire que toutes ces questions de philologie ne fassent perdre de vue le but véritable et ne détournent l'esprit de l'étude directe et autrement fertile des chefs-d'œuvre ? — Sans doute, rien ne remplace cette impression d'ensemble qu'une lecture suivie peut seule donner. De même que Ronsard lisait l'*Iliade* en trois jours, je pense que nos élèves feront bien de conserver, ou d'acquérir, s'ils ne l'ont pas, l'habitude de lire une tragédie en trois heures, de se la jouer à eux-mêmes en imagination, et de la sentir dans sa puissante unité. Mais il convient, après cette course rapide, de revenir sur les plus beaux passages et de s'y arrêter à loisir pour les étudier à fond. Contrairement au mot de Voltaire, ces pages, qui ont besoin d'explication, méritent d'être expliquées. Le temps donné à ce travail ne sera jamais du temps perdu. Plus on médite un grand écrivain, plus on aperçoit en lui de beautés cachées. Qu'on ne s'inquiète pas de savoir s'il a cru en mettre tant dans ses ouvrages. Ce qu'il y a de certain, c'est qu'elles y sont, et que, dès qu'il s'agit de les découvrir, tout a de l'importance et de l'attrait.

Que disait-on donc, que personne ne comprenait rien à ces explications françaises? Il me semble que les maîtres se font une idée assez claire de ce qu'on leur demande. Quant aux élèves, ils ont besoin assurément d'être guidés en ces matières un peu délicates, mais il faut ajouter que s'il est une étude qu'ils sentent leur être profitable et à laquelle ils s'intéressent, c'est précisément celle-là.

LE PÈRE DE MADAME DE RAMBOUILLET [1]

Les grands personnages ne comptent pas seuls dans l'histoire. On les connaît, il est vrai, mieux que les autres, et c'est justice. Entourés pendant leur vie de courtisans et d'ennemis, ils ont encore après leur mort des adversaires et des adorateurs. Les biographes racontent leurs faits et gestes avec une exactitude qui confine à l'indiscrétion ; on rassemble des documents sur eux, on fait parler les textes, les lettres familières et jusqu'aux registres d'état civil ; on s'intéresse à tout ce qui les regarde, aux choses importantes, à celles qui le sont moins, et même à celles qui ne le sont pas du tout ; on cherche le mobile de leurs actions, on mesure l'influence exercée par leur parole, et on observe s'ils avaient le tempérament nerveux, bilieux ou sanguin ; on sonde leur conscience, et on se renseigne sur leur estomac. Loin de nous, encore une fois, la pensée de critiquer une curiosité légitime qui n'est dans bien des cas qu'une forme de la reconnaissance ! Mais enfin les grands hommes ne font pas tout, ils n'ont pas le temps de tout faire. A côté d'eux, au-dessous d'eux, que d'existences moins glorieuses, et pourtant utiles !

---

(1) *Le père de M*ᵐᵉ *de Rambouillet. — Jean de Vivonne, sa vie et ses ambassades près de Philippe II et à la cour de Rome, d'après des documents inédits*, par le vicomte Guy de Brémond d'Ars. 1 volume in-8°, Paris, Plon, Nourrit et Cⁱᵉ, éditeurs.

Que de dévouements obscurs ! que d'esprits modestes et distingués, doués de moins d'initiative, sans doute, mais capables, eux aussi, de bien remplir leur tâche ! La postérité ne les connaît point. Elle a trop de noms à se rappeler, pour garder la mémoire des humbles. Elle simplifie, choisit, élimine, se charge du moins qu'elle peut. L'histoire non plus ne s'inquiète pas beaucoup de ces personnages de second ou de troisième ordre. Elle ne s'attache qu'aux plus illustres, à ceux dont l'action fut décisive et qui ont laissé une empreinte durable. Le reste est pour elle non avenu. Les générations humaines se succèdent et s'entassent silencieusement dans les cimetières. L'histoire ne considère dans ce troupeau en marche que les hommes qui le conduisent. Elle voit de haut et de loin.

C'est l'érudition qui s'approche et qui étudie les détails. Parmi cette multitude à peu près ignorée, elle prend de temps en temps un homme et cherche à reconstituer son existence. Elle fouille les bibliothèques, déchiffre les parchemins. Une découverte en amène une autre. Peu à peu la figure se précise ; l'ombre s'évanouit, l'être réel reparaît, replacé dans son milieu. Difficile et minutieuse opération ! C'est beaucoup de temps dépensé, mais non point sans profit. Il se trouve presque toujours que ces résurrections sont intéressantes. Elles rendent à un temps sa physionomie vraie, et sans tenir lieu de l'histoire, elles la complètent sur bien des points. Aussi sont-elles aujourd'hui fort à la mode. Les savants modernes ne mettent plus guère leur ambition à construire de ces vastes monuments qu'aimaient tant leurs prédécesseurs, les Michelet, les Guizot, les Thierry. Ils limitent avec soin le champ de leurs investigations, se bornant à préparer modestement, mais utilement, la matière qui servira aux historiens de l'avenir. Gardons-nous, suivant une maxime judicieuse que cite quelque part Henri Estienne, gardons-nous de dédaigner, comme trop petites, des recherches qui sont la condition des grands travaux : *Non sunt contemnenda, quasi parva, sine quibus magna constare non possunt.*

A côté de ces avantages, les monographies ont leurs inconvénients. Souvent l'auteur, par amour pour le sujet qu'il a choisi, en exagère la portée, attribue trop d'importance à une individualité secondaire, altère, peut-être inconsciemment, les proportions et les mesures. Tout fier de sa trouvaille, il va criant au prodige. Il ne demandait d'abord pour son héros ignoré que l'estime du lecteur ; il finit par le déclarer supérieur à tous ses contemporains. Sous la plume de ces panégyristes intempérants, tel troubadour du Moyen-Age devient l'Homère de la France, la vie de Montausier *est une magnifique synthèse du XVIIᵉ siècle,* Montausier lui-même est un *phénomène unique,* et Fréron a plus d'esprit que Voltaire. Que d'exemples on pourrait citer de paradoxes historiques encore plus étranges et non moins naïvement soutenus !

Cette illusion si commune, si difficile à éviter, un érudit de grand mérite, M. de Brémond d'Ars, a su s'en défendre en écrivant son récent ouvrage sur Jean de Vivonne, père de Mᵐᵉ de Rambouillet. Il le dit lui-même en toute justice : « Ce n'est pas un grand homme. » Ses contemporains en faisaient pourtant beaucoup de cas. Brantôme le qualifie de *très grand et non pareil en la chrestienté pour les affaires de l'État,* et de Thou ne connaît pas *de plus belle vie à écrire.* Mais l'auteur, loin de s'emparer triompha-

lement de ces paroles si flatteuses, les trouve exagé-
rées. Seigneur de Saint-Gouard, marquis de Pisany,
n'attendez pas trop de bienveillance de la part de
votre biographe! *Le sentiment des arrière-neveux*
n'est plus celui des parents et des amis. Voilà bientôt
trois siècles que vous êtes mort. Vos descendants
mêmes (1) ne vous doivent que la vérité. Heureusement pour vous, on n'a pas de vérités bien dures à
vous faire entendre, si l'on n'a pas de gros compliments à vous adresser. Vous ne fûtes ni un des grands
bienfaiteurs ni un des grands malfaiteurs de l'humanité. Si vous avez commis quelques peccadilles, elles
sont plus que compensées par les services que vous
avez rendus. On pourrait dire que vous eûtes une
existence moyenne, si vous n'aviez pas précisément
vécu à un moment où toutes les passions étaient
extrêmes, où personne ne gardait le juste milieu, où
l'équilibre, cette grande condition de la santé pour
les esprits et pour les corps, était rompu sur tous les
points.

Le XVIᵉ siècle est, en effet, une époque de tour-
mente, de fermentation confuse, de chaos tumul-
tueux. On l'a comparé justement à un champ de
bataille comme ceux de l'*Iliade*, avec les chars de
guerre, les armures resplendissantes, les héros qui
se provoquent et s'injurient. « Ce n'est partout, sur
le sol de la vieille Europe, que guerres religieuses,
guerres civiles, guerres pour un dogme, guerres pour
un sacrement, guerres pour une idée, de peuple à
peuple, de roi à roi, d'homme à homme; que cliquetis
d'épées toujours tirées et de docteurs toujours irrités;
que commotions politiques, que chutes et écroule-

(1) Jean de Vivonne était fils d'Artus de Vivonne et de Catherine de Brémond-
Balanzac, mariés en 1519.

ments des choses anciennes, que bruyant et sonore
avénement des nouveautés. » (1) « C'est l'époque des
bûchers qui se dressent et des villes qui flambent; et
parmi les décombres et les mares de sang, circulent
la tête haute, dans l'ivresse de la force, des bandes de
soldats, de soudards, de lansquenets, de reîtres, de
fanatiques, de pillards, Français, alliés, mercenaires,
le feutre retroussé, la plume au vent, les moustaches
en croc, la latte battant le sol. » (2) — Et ceux qui
s'agitent dans cette mêlée s'y plaisent ! Il semble
qu'ils seraient bien fâchés si elle prenait fin. Ils sont
dans leur élément. Montaigne, retiré paisiblement
dans son château, lisant ses vieux auteurs au coin du
feu, avec son double bonnet enfoncé sur la tête, ne
laissant pénétrer dans ses oreilles aucun bruit du
dehors, est alors une exception unique. A quoi bon ?
se demande-t-il ; où est le vrai ? où est le faux ? Et à
voir les coups d'estoc et de taille que s'administrent
sous ses yeux les gens convaincus, on comprend son
scepticisme et on a envie de lui donner raison. Mais
l'heure n'était pas à l'indifférence, ni à la tolérance,
ni au repos ; elle était au fanatisme et au carnage.
« Les cheveux se dressent, dit M. de Brémond d'Ars,
à considérer n'importe quel coin de la France sous la
lumière crue des Mémoires et des dépêches du
temps. » Eh bien ! c'est dans ce temps-là que vécut
Jean de Vivonne. Ce qu'il y fut, son historien nous
l'apprend. Nous connaissons maintenant l'homme, et
mieux sans doute que lui-même ne se connaissait.
Nature peu compliquée, et portrait aisé à faire.

Grand batailleur d'abord ! De quinze ans à quarante,
jusqu'en 1571, il ne déboucle guère sa cuirasse. On le

(1) Victor Hugo. — Préface des *Feuilles d'automne.*
(2) *Jean de Vivonne,* p. 17.

retrouve partout, chevauchant au galop à travers les arquebusades et les forêts de piques. Il est blessé dans un combat à Marienburg, aux Pays-Bas, sous le règne de Henri II, et fait prisonnier. Autre blessure, et des plus graves, a Moncontour (1569). Ce sont là les agréments de *cette bonne guerre civile, tant bien inventée*, comme dit Brantôme. Il a une compagnie de cinquante lances *fournies*, c'est-à-dire cinquante gentilshommes, tous accompagnés de leurs archers, de leurs coutiliers et de leurs pages, et attachés à la fortune de leur capitaine. Malheur à l'ennemi qui les rencontre ! Ces braves savent leur métier, et leur chef met un entrain du diable à pourfendre les armures et à enfoncer les côtes. — Voilà le soldat, tout à fait dans le goût de l'époque, tranchant un peu du fier-à-bras, *rogue, bravache, haut à la main.*

On fait de lui un ambassadeur, et à ce titre il accomplit plusieurs missions importantes. Nous le voyons près de Pie V, en 1571 ; près de Philippe II d'Espagne, de 1572 à 1583 ; deux fois près de Sixte-Quint (1585-1586 et 1586-1589) ; négociant enfin avec Clément VIII au sujet de la conversion et de l'absolution de Henri IV. Nous ne raconterons pas ces ambassades, pourtant si curieuses. Il faudrait ou refaire le livre de M. de Brémond-d'Ars, et il est trop bien fait, ou le citer en entier, et comme il a 400 pages, ce serait un peu long. Remarquons seulement qu'en changeant d'occupation, Jean de Vivonne ne changea point de caractère. Il ne fut jamais un diplomate subtil et verbeux. Rien en lui qui sentît le prédicateur ou le pédant. Il resta soldat jusqu'au bout (c'est justement ce qu'on voulait de lui,) « s'armant et faisant armer ses gens de poignards pour maintenir au besoin ses prérogatives contre les prétentions d'un collègue. » En ces temps difficiles, il fallait qu'un bon ambassadeur fût capable, à l'occasion, d'un coup de main : c'était un moyen de persuasion auquel on pouvait recourir, après avoir épuisé les autres. Quelquefois même, il n'était pas mauvais de commencer par là. Le marquis de Pisany ne s'en fit pas faute.

Bon soldat donc et bon ambassadeur. — Les deux choses s'expliquent par la même raison : il servait le roi avec amour. Que dis-je ? il servit six rois avec un dévouement égal, sans objection ni résistance à leurs ordres : François I, Henri II, François II, Charles IX, Henri III et Henri IV ! Pour Henri III, son adoration fut moins vive, mais il n'en laissa rien paraître : « Il douta longtemps de la fâcheuse transformation qui s'était opérée chez son roi, s'efforçant de se faire des illusions et de les communiquer aux autres. Il réussit d'abord. Mais ces efforts du serviteur devaient forcément échouer contre la réalité des faits. On peut dire que la vie de Jean de Vivonne, jusqu'à la fin du règne, se passe en une lutte impossible pour égarer l'opinion au sujet de la dégradation avérée de Henri III. » Il eut en somme le mérite de rester fidèle à une cause qu'il aimait. Il y mit de l'ardeur, mais du désintéressement. « L'obéissance au pouvoir absolu a cet avantage, de dispenser de la réflexion difficile. A défaut d'autres, c'est encore une règle. Je ne dis pas qu'il faille la préconiser : elle fait faire des chutes. Mais enfin, c'est une règle. » Ce fut celle de Jean de Vivonne. Une fois pourtant, lors de la Saint-Barthélemy, il poussa le zèle un peu loin. Il se montra « plus qu'indulgent à juger le crime, entrant dans la fiction royale des représailles et de la légitime défense, décorant l'acte du nom d'exécution, félicitant la mère de ses leçons, le fils (Charles IX) de son

énergie, tout le monde du péril évité. » Il avait mis
lui-même la main à l'œuvre. M. de Brémond-d'Ars,
en accordant que Vivonne subissait l'influence de son
siècle, a trop justement regretté de trouver une si
franche nature *égarée dans les intrigues les plus
basses de ce temps avili*, pour que nous ayons à
insister sur ce sujet douloureux. Cachons dans les
ténèbres, comme s'écriait en un vers sublime Michel
de L'Hospital, cachons dans les ténèbres cette honte
de la patrie ! *Nocte tegi nostrœ patiamur crimina
gentis*.

La foi politique de Jean de Vivonne était si forte,
qu'elle l'emportait chez lui sur les croyances religieuses. « Il était fidèle observateur de la religion catho-
lique, mais aussi, fortement imbu de Gallicanisme ;
quand il était question des franchises nationales et du
Roi, *l'univers pour lui disparaissait*. » Il faut au
reste le reconnaître : la religion à cette époque était
plus une passion qu'une vertu. « On ne recourt aux
textes religieux que pour servir, excuser, exalter la
passion ; à qui mieux mieux, on se les renvoie ; en
les torturant, on est sûr de les trouver complaisants
toujours ; on jongle avec eux. » Vivonne d'ailleurs
n'y mettait pas tant de malice. Sa foi était sincère,
mais sans rien de mystique ni de tendre.

Tel il nous apparaît donc, homme d'action avant
tout, ferrailleur jamais las, *raffiné sur le point d'honneur, brave jusqu'à la folie, le sang et les nerfs toujours fouettés*. C'est en parlant de compagnons comme
lui, et précisément de ses contemporains, que
M. Taine s'enflamme d'admiration. Quelle éducation,
et quels hommes ! « Un sang plus chaud, remué par
le péril incessant, poussait au cerveau des volontés
impétueuses. Ils faisaient l'histoire, et nous l'écri-

vons. » — Fantaisie de littérateur sobre et maigre, regrettant un siècle où il s'imagine que tous les Français avaient des muscles d'athlètes, des faces rebondies, et buvaient comme des tonneaux ! *Ils faisaient l'histoire.* Comme si nous ne la faisions pas aussi bien qu'eux ! Comme si nos conquêtes pacifiques, nos découvertes merveilleuses, ne valaient pas leurs arquebusades et n'étaient pas d'une autre importance pour les destinées de l'humanité !

Mais j'ai hâte d'arriver au mariage de Jean de Vivonne. Car bien lui a pris de se marier et d'avoir pour fille *une des femmes les plus admirées de l'histoire et les plus aimées.* Sans cela, il mériterait encore d'être connu ; à coup sûr, il le serait moins.

Vers la fin donc de 1587, Vivonne était un vieux garçon de cinquante-sept ans, cependant, dit Tallemant des Réaux, *encore frais et propre.* Il se trouvait à Rome comme ambassadeur de Henri III près de Sixte-Quint. Il y fit la conquête d'une princesse fort courtisée pour sa naissance, sa fortune et sa beauté, Julia Savelli, veuve depuis deux ans du prince Ludovico Orsino. Son premier époux était un vrai bandit, mêlé aux drames les plus sanglants de ce monde italien du XVIe siècle, mais plein de bonté pour sa femme. De la prison où il devait être étranglé trois jours après, il lui recommandait, « comme elle était encore jeune, de penser de bonne heure à se donner un mari digne d'elle. » Elle n'avait que l'embarras du choix, elle opta pour Vivonne, *ce Français amusant et gai.*

Leur fille Catherine naquit l'année suivante. C'est elle qui deviendra la marquise de Rambouillet et qui fera de son hôtel, de 1620 à 1650, une école incomparable d'élégance et de bon goût. — Tout ce qu'il y

eut alors de distingué par la naissance ou par le
talent, femmes, guerriers, politiques, hommes du
monde, écrivains, savants, poètes, trouva là une
société délicate dont les uns et les autres emportè-
rent une ineffaçable empreinte. Quel contraste avec
l'époque précédente ! C'est maintenant le règne du
bel esprit. On disserte à perte de vue sur un madrigal ou un sonnet. On cherche le fin du fin. Peut-
être y met-on un peu d'affectation et de préciosité ;
la haine du commun conduira bientôt à la subtilité,
et la délicatesse tournera à la mièvrerie. Les mala-
droits imitateurs de la marquise prêteront au ridicule
et exciteront la verve railleuse de Molière. (1) Mais
au début, ce travers n'est guère sensible, et l'action
exercée par Mme de Rambouillet et ses amis est des
plus heureuses. Grâce à eux, les formes du langage et
les habitudes littéraires se sont profondément modi-
fiées, les sentiments se sont affinés, les mœurs sont
devenues plus sévères et en même temps l'esprit de
tolérance a fait des progrès sensibles : « Chacun, dit
M. Livet (2), conserve sa croyance sans chercher
à l'imposer à ses voisins. On est profondément religieux, mais on garde en matière de foi la plus complète liberté. Des évêques coudoient des hérétiques.
Conrart, calviniste zélé, vit amicalement avec Godeau,
et Gombauld avec l'abbé d'Aubignac. Tous se voyaient,
sans que jamais, dans leurs réunions, on ait trouvé

(1) *Précieuses ridicules* (1659), *Femmes savantes* (1672). — C'est une
question de savoir si Molière a voulu se moquer de l'hôtel de Rambouillet ou seulement du salon de Mlle de Scudéry et des autres. Les discussions les plus récentes
sur ce sujet se trouvent dans les études préliminaires de deux éditions des *Précieuses ridicules* publiées en 1884, l'une par M. Ch.-L. Livet (librairie P. Du-
pont), l'autre par M. G. Larroumet (librairie Garnier).

(2) *Précieux et précieuses*, 1859. — Sur l'hôtel de Rambouillet et son influence, cf. F. Brunetière, *Revue des deux mondes*, 15 avril 1882, et 1 novembre 1886.

trace de ces fâcheuses discussions, si promptes à
s'envenimer. Etait-ce indifférence ? Non. Ce qu'il faut
voir là, c'est la preuve du respect que l'on portait à
des croyances sincères dont les divergences n'in-
fluaient en rien sur le commerce aimable de ce monde
choisi. »

En quelques années que de chemin parcouru !
L'auteur de *Jean de Vivonne* n'avait pas à parler
de cette transformation de la société française, mais
en éclairant d'une lumière nouvelle la seconde moitié
du XVIᵉ siècle, il rend plus facile la comparaison des
deux époques, comparaison d'autant plus frappante
ici que, sans sortir de la même famille, en considé-
rant seulement la fille après avoir étudié le père, on
saisit sur le vif la révolution qui s'est opérée. J'imagine le marquis de Pisany revenant au monde
vers 1620 (il est mort en 1599), et faisant son entrée à
l'hôtel Rambouillet. Il se trouverait singulièrement
dépaysé au milieu de la compagnie qui s'y rencontre.
Son style n'avait-il pas *la bonhomie, la verve et la
couleur d'un vieux Gaulois* ? Ce n'est plus là le ton
de Balzac et de Voiture. Vivonne, si spirituel d'ailleurs, était *peu versé dans les lettres, ne savait pas
grand chose, ne lisait rien.* Comment aurait-il pu
goûter les raffinements de la pensée où l'on se complaisait vingt ans après lui ? En présence de ces belles
dames et de ces beaux seigneurs épris de correction
et occupés à débattre les plus délicates questions de
goût, grande eût été sa stupéfaction, grand peut-être
aussi son dédain. L'époque que nous voyons sous les
plus séduisantes couleurs, c'est celle où nous avons
été jeunes. Autrefois, aurait-il dit, on s'amusait bien
mieux. *Ah ! le bon temps que ce siècle de fer !* — Pas
si bon que cela pourtant, comme M. de Brémond-

d'Ars l'a montré, avec toutes les preuves désirables, dans son livre ingénieux et solide, agréable et savant, fait suivant la meilleure méthode. (1)

Il y a en effet deux manières d'écrire un ouvrage d'érudition : ou bien on se contente d'amasser des documents que l'on imprime tels quels, après les avoir seulement reliés à peu près entre eux ; ou bien on s'assimile véritablement ses lectures et l'on fond en un tout harmonieux ces éléments divers. Dans le premier cas, on donne au public les matériaux du livre à faire ; dans le second cas, on fait le livre. C'est un travail plus difficile et plus long, mais beaucoup plus littéraire. L'auteur de *Jean de Vivonne* appartient à la bonne école des savants français qui savent composer et qui, nous épargnant le détail souvent fastidieux de leurs recherches, en exposent les résultats dans un style personnel et vivant, se donnent toute la peine et nous laissent tout le plaisir.

(1) Couronné depuis par l'Académie française.

V

ALFRED DE VIGNY

I

Le comte Alfred de Vigny, dont on se propose ici de retracer la vie et d'apprécier brièvement les ouvrages, est né le 27 mars 1797, et non en 1799, comme disent la plupart de ses biographes (1). Il était originaire de Loches, en Touraine. A notre avis, il n'y a à tirer de là aucune hypothèse. Rabelais est né dans un endroit voisin, à Chinon. Rien pourtant de plus complètement différent que ces deux esprits. La théorie des milieux et des climats se trouverait ici singulièrement en défaut.

Vigny était de famille noble et riche. Son grand-père était un des plus importants gentilshommes de la Beauce, *seigneur du Tronchet, de Moncharville, des deux Emerville, Isy, Frêne, Jonville, Folleville, Gravelle et autres lieux.* (Le *Tronchet* seul fut acheté plus tard un million par M. Laffite le banquier.) Mais la Révolution avait dépossédé la famille, restée à peu près sans ressources. Vigny avait dix-huit mois quand sa famille vint s'établir à Paris. Il grandit entre son père et sa mère. Son père était

(1) Même le dernier en date et non le moins bien informé ni le moins ingénieux, dans un livre qui est un chef-d'œuvre de critique éclairée et conciliante. J'ai nommé M. Emile Faguet et ses *Etudes littéraires sur le XIXe siècle*. (Lecène et Oudin, 3e édition, 1887, page 127.)

un ancien officier, blessé pendant la guerre de sept
ans (une balle dans la poitrine et une dans les reins,
qui courbaient son corps et le forçaient toujours de
marcher appuyé sur une canne.) — Entré au collège,
il y subit de la part de ses camarades une sorte de
persécution qui malheureusement est un fait assez
commun (1) : « Une impression de tristesse ineffaçable blessa mon âme dès l'enfance. Dans l'intérieur
du collège, j'étais persécuté par mes compagnons.
Quelquefois, ils me disaient : Tu as un *de* à ton nom?
Es-tu noble? Je répondais : — Oui, je le suis. Et ils
me frappaient. »

Il avait seize ans quand il assista à la chute de
l'Empire. Fils d'un père qui avait servi sous Louis XV
et Louis XVI, on l'offrit à la royauté. « Nous avons
élevé cet enfant pour le roi, » écrivait sa mère au
ministre. Il fut admis dans les *mousquetaires rouges*,
corps dans lequel les simples soldats avaient le grade
d'officier, et qui fut licencié après les Cent jours.
Vigny entre dans la garde royale, mais s'aperçoit
après quelques années que le métier militaire ne lui
convient pas beaucoup. Il était trop faible de santé,
trop sensible. Il trouve aussi qu'on le néglige trop :
« J'attends neuf ans que l'ancienneté me fasse capitaine. J'étais indépendant d'esprit et de parole ;
j'étais sans fortune et poète : triple titre à la défa-
veur. » — Il donna sa démission.

J'étais poète... En effet, en 1822, parut, sans nom
d'auteur, un mince volume in-8°, comprenant plusieurs poèmes : *Héléna, la Fille de Jephté, le Bal, la
Prison*, etc... Ces poèmes étaient d'Alfred de Vigny.

On connaît l'état de la poésie à ce moment. Il y

---

(1) Voyez Gœthe, *Mémoires*, (édit. in-8, Hachette, page 54), et Michelet,
Ma Jeunesse. (C. Lévy.)

régnait une extrême sécheresse, une élégance pseudo-classique. C'était le temps des élégies de Guiraud, des dithyrambes de Soumet. Une jeune école allait régénérer l'art en lui infusant un sang nouveau. Déjà, les *Méditations*, de Lamartine, étaient dans toutes les mains (1820); les *Odes et Ballades*, de Victor Hugo, allaient voir le jour (1822).

Vigny apporte sa note dans ce concert, et du premier coup se révèle une partie de ce qu'il sera.

Quatre ans plus tard (1826), parut la seconde édition, ne comprenant plus *Héléna*, poème supprimé courageusement par l'auteur, mais augmentée de morceaux déjà publiés à part. Le volume s'ouvrait maintenant par un chef-d'œuvre, *Moïse*, où le poète exprimait sous une forme magnifique *la mélancolie de la toute-puissance, cette tristesse d'une supériorité humaine qui isole, ce pesant dégoût du génie, du commandement, de la gloire, de toutes ces choses qui font du poète, du guerrier et du législateur un être gigantesque et solitaire.* Puis venaient *Eloa, ou les Amours des anges*, œuvre capitale parmi les poèmes de Vigny (1), puis le *Cor* (récit de la mort de Roland à Roncevaux), etc... On fut frappé de l'originalité de ces poèmes pleins de noblesse, de délicatesse, et en même temps d'élévation, de force et d'éclat. D'où étaient-ils sortis? On ne leur voyait pas de trait d'union ni de parenté avec ce qui précédait dans la poésie française. Tout était neuf, forme de composition, forme de style. Du premier coup, la *Légende des siècles* était comme esquissée tout entière.

On a appelé ce livre, avec emphase peut-être, mais

---

(1) « Ce poème, *le plus beau, le plus parfait peut-être de la langue française*, Vigny seul pouvant l'écrire, même parmi cette pléiade de grands poètes... » (Théophile Gautier, *Moniteur*, 28 septembre 1863.)

avec justesse, *le livre générateur de la poésie du
siècle.* C'est bien ce que pensait l'auteur. Il se flatte
de s'être mis en route, « bien jeune, *mais le premier.* »

C'est précisément le mérite que lui refuse Sainte-
Beuve, au moins pour les poèmes antiques, tel que
le *Bain d'une dame romaine.* Mais il y a une difficulté : cette pièce de vers date de 1817, *Symétha* de
même, *la Dryade* remonte jusqu'à 1815. Or, les
poésies d'André Chénier, dont seraient imitées celles-
ci, ne furent publiées par M. de Latouche qu'en 1819.
Comment Sainte-Beuve peut-il écrire : « Il commença
par s'inspirer d'André Chénier ; il le nierait en vain,
c'est évident ? » Le critique s'inscrit tout simplement
en faux contre les dates mises par Vigny au bas de
ses pièces de vers. Il revient là-dessus plusieurs fois
avec une animosité qui, à notre avis, ne fait honneur
ni à son esprit, ni à son caractère. Sans doute, il a
maintes fois parlé de Vigny avec pénétration ; il a
trouvé pour le peindre une spirituelle image :

> ... et Vigny plus secret
> Comme en sa tour d'ivoire avant midi rentrait ;

mais il y a toujours mis de la malice et de l'aigreur.
Au fond il le détestait. — Même antipathie d'ailleurs
contre Lamartine, Musset, Hugo. Tout critique, plus
ou moins, donne pour des qualités rares les défauts
qu'il se reconnaît et signale comme des défauts énormes les qualités qui lui manquent. Sainte-Beuve était
un esprit fin, délié, nullement plastique, peu poétique en réalité. Certains hommes très grands, mais
tout différents de lui, avaient le don de lui porter sur
les nerfs. De là ses articles aigres-doux, quand ils
n'étaient pas aigres tout à fait. — Il nous paraît qu'ici

il a eu tort. Sur la question de l'exactitude des dates
données par Vigny, il n'y a aucune raison de ne pas
croire le poète. Ces pièces ne sont pas les plus pro-
digieuses de son recueil. Il n'a eu besoin d'aucun
modèle pour les faire.

II

Un trait commun à tous les poètes de la période
romantique, c'est qu'ils sont en même temps des
prosateurs remarquables. Vigny ne fait pas exception. — Sa première œuvre en ce genre est *Cinq-
Mars*, roman tiré de l'histoire du règne de Louis XIII
et écrit à l'imitation de Walter Scott. L'auteur en
parle ainsi dans son *Journal*, à la date du 9 décembre 1826 : « Achevé de revoir les dernières
épreuves de *Cinq-Mars*. Ce qui fait l'originalité de ce
livre, c'est que tout y a l'air d'un roman et que tout
y est histoire ; mais c'est un tour de force de composition dont on ne sait pas gré et qui, tout en rendant
la lecture de l'histoire plus attachante par le jeu des
passions, le fait suspecter de fausseté, et le fausse en
effet quelquefois. »

Ce roman eut néanmoins un très grand succès, et fit
plus pour la gloire de Vigny que ses poèmes, pourtant
supérieurs. Il est resté assez populaire.

Le reproche qu'on adressa à l'auteur, ce fut de
n'avoir pas assez fidèlement suivi l'histoire. — Lamartine le prend avec lui sur un ton tragique : « En
bonne police littéraire, le roman historique devrait
être interdit. Dieu et les hommes n'ont pas livré la
vérité historique, héritage du genre humain, au caprice de l'imagination des hommes. C'est un texte, il

est par cela même sacré!... » L'opinion du critique
des *Lundis*, exprimée avec plus de calme, est la
même : « Le roman de *Cinq-Mars* est tout à fait
manqué en tant qu'historique, et pour tout esprit
ami de la vérité, il ne saurait se relire aujourd'hui...
L'auteur n'a jamais reconnu qu'il s'était trompé ; il
avait le don de voir faux en histoire. » (1)

Ce n'est pas l'objection à faire à Vigny. Il n'était
pas obligé d'être si véridique et si exact qu'on le lui
demande. *L'histoire est un clou auquel le roman-
cier pend son drame*, comme disait A. Dumas. Vigny
pécha plutôt par le manque de force. Ses personnages ne sont pas vivants, en chair et en os. Tout
est trop vague et flottant. C'est un don particulier, de
communiquer la vie, l'entrain à ses personnages, et de
leur donner de la consistance. Vigny ne l'avait pas.

En 1832, il publia *Stello*, roman à *thèse*, dont
nous dirons un mot tout à l'heure, quand nous au-
rons à parler de *Chatterton*, qui n'est pas autre chose
qu'un épisode de *Stello*, repris sous forme dramatique.

En 1835, parut *Servitude et grandeur militaire*, le
chef-d'œuvre de Vigny en prose. Esclavage du soldat,
abdication de sa personnalité ; obéissance au devoir,
même douloureux ; sentiment de l'honneur, — telle
est la philosophie de ce livre où sont si fortement
peints quelques-uns de ces héroïsmes obscurs dont
parlait déjà Corneille :

> Oh ! combien d'actions, combien d'exploits célèbres
> Sont demeurés sans gloire au milieu des ténèbres !...

La prose de Vigny est forte et charmante, quelquefois non sans une pointe de préciosité ; moins

---

(1) *Nouv. Lundis*, tome VI, et *Correspondance*, 3ᵉ volume, p. 311.

sèche que celle d'un autre très grand conteur du même temps, Prosper Mérimée.

III

Vigny songea de bonne heure au théâtre. C'est là que se frappent les grands coups. Il commença par deux traductions de Shakspeare. C'était bien choisir son moment et son auteur. Shakspeare, introduit timidement par Voltaire au XVIIIᵉ siècle, régnait alors en France. « *Shakspeare et la nature !* » dit quelque part Musset. On voyait même la nature à travers Shakspeare.

Le *Marchand de Venise* (1828) ne fut pas joué ; mais *Othello* fut, un an avant *Hernani*, la grande bataille. (*Cromwell* date de 1827, mais n'avait pas été représenté, et c'est ce qui alors était important.) Remarquez l'activité militante de Vigny, ici encore à l'avant-garde, poussant des reconnaissances de tous les côtés, et partout essuyant les plâtres.

A-t-il réussi ? On trouve aujourd'hui que non : « Le grand, l'excellent poète Alfred de Vigny a essayé, lui aussi, de traduire *Othello* en vers. Il a échoué, il faut bien le dire. Sa pièce, écrite à l'aurore du romantisme, est d'une mollesse et d'une timidité qui étonnent... C'est un compromis bâtard entre le drame et la tragédie ; c'est une erreur complète. » (1) Les morceaux de bravoure sont pourtant bien enlevés ; mais Vigny recula devant les cris sauvages et désordonnés de l'Africain mordu par les serpents de la jalousie, s'abandonnant à son tempérament furieux, animalisé par la passion. Il hésita à traduire ses rugissements

(1) François Coppée, feuilleton dramatique de la *Patrie*.

entrecoupés de sanglots, et apaisa un peu cette tempête qu'ont mieux rendue de nos jours MM. de Grammont et Jean Aicard.

Il recomposa aussi et resserra le dénouement tout entier : « Il m'a fallu rassembler des traits épars, en ajouter quelques-uns et retrancher de trop lentes explications, parce que c'est aujourd'hui, pour la France surtout, une nécessité que la dernière émotion soit la plus vive et la plus profonde. »

Il faut tenir compte du temps où écrivait Vigny. L'esprit public était rebelle aux innovations. On avait besoin de lui ménager ses déplaisirs. Songez que les professeurs de rhétorique de cette époque criaient au scandale, et appelaient Hugo *un malfaiteur !*

Si Vigny transigea dans la pratique, ses théories du moins étaient radicales. — La mode était aux manifestes littéraires. (Hugo, *Préface de Cromwell*, 1827 ; Emile Deschamps, *Introduction aux Etudes françaises et étrangères*, 1828.) Il fit le sien sous le titre de : *Lettre à lord *** sur la soirée du 24 octobre 1829 et sur un système dramatique.* C'est l'apologie de son *Othello*, l'apothéose du romantisme et une charge à fond de train contre les classiques : *Critique des unités ; Les poètes classiques représentant des ombres d'hommes dans une ombre de nature ; Abus de la politesse dans le style ; Anachronismes ridicules ; Aucun sentiment de la nature ni de l'histoire ; Jamais le mot propre ; Série des périphrases destinées à traduire le mot « mouchoir. »*

Critiques inconsidérées, ne distinguant pas assez le théâtre du XVIIe siècle de ses imitateurs du XVIIIe ou du début du XIXe, et mettant un peu dans le même panier Corneille et M. de Jouy ! — Critiques vieillies, mais utiles à leur moment ; et comme Vigny

le disait lui-même, « il doit suffire à un nom d'homme
de marquer *un degré du progrès*. On doit se résigner
à voir les idées que l'on sème, comme un grain fécond, s'élever, mûrir, jaunir et tomber promptement
pour faire place à une moisson nouvelle, plus forte et
plus abondante, sous les yeux mêmes du cultivateur. »

En 1833, il donne au théâtre un petit acte intéressant, *Quitte pour la peur*, premier modèle des comédies et proverbes de Musset ; puis, l'année suivante,
La Maréchale d'Ancre, drame historique où il y a de
belles scènes, mais qui est dans l'ensemble long et
diffus, trop peu différent de ces compositions théâ-
trales démesurées qu'on écrivait en cet âge d'or du
romantisme et qui, comme des cathédrales gothiques,
ne se soutiennent qu'à grand renfort d'arcs-boutants.

En 1835, il abandonna le drame shakspearien ou
soi-disant tel, chargé d'incidents, peuplé de personnages, enluminé de couleur locale, et offre au public
un drame tout intime, tout en analyse morale, tout
en profondeur, *Chatterton*. Vigny était de ceux qui
croient au *théâtre éducateur* (comme Dumas fils) :
« Les hommes sérieux et les familles honorables qui
s'éloignent du théâtre pourront, écrit-il, revenir *à
cette tribune et à cette chaire* si l'on y trouve des
sentiments et des pensées dignes de graves réflexions. » Il se présente donc au théâtre avec une cause
à défendre : « La cause, c'est le martyr perpétuel et
la perpétuelle immolation du poète ; la cause, c'est
le droit qu'il aurait à vivre ; la cause, c'est le pain
qu'on ne lui donne pas ; la cause, c'est la mort qu'il
est forcé de se donner ! »

Cette cause, il l'avait déjà plaidée dans *Stello ou
les Diables bleus*, — *Consultations du Docteur noir*.
Stello, c'est Vigny ; les diables bleus, ce sont les dé-

mons de l'idéal, du merveilleux, de la poésie ; le
Docteur noir, c'est un homme désabusé qui dit à
Stello : — Ah ! vous voulez être poète ? Maladie
grave ! Mais je ne désespère pas de vous en guérir,
s'il en est encore temps. Laissez-moi seulement vous
raconter trois petites histoires. Et il lui fait défiler
sous les yeux l'une après l'autre trois têtes de morts,
trois poètes que la poésie a tués : Gilbert, André
Chénier et Chatterton, — oubliant pour les besoins
de son plaidoyer que Gilbert mourut en réalité non
de misère, mais des suites d'une chute de cheval ;
que Chénier n'est pas monté sur l'échafaud comme
poète, mais comme ennemi du jacobinisme et pour
avoir pris une part active à la politique ; que Chatterton, enfin, dégoûté de la vie tout jeune encore,
n'en aurait pas été moins dégoûté s'il avait été riche,
et que son suicide, qui n'est pas le moins du monde
celui d'un martyr du génie ni d'un martyr de la
vertu, ne prouve rien. — Martyr du génie ! s'écrie
Lamartine ; il n'y a qu'à lire ses vers ; martyr de la
vertu ! il n'y a qu'à lire sa vie. Son coup de pistolet
est l'anathème de la prétention. Le Chatterton de
l'histoire est en effet un assez triste personnage. Mais
nous avons accordé tout à l'heure au poète le droit
de changer un peu l'histoire. Il ne faut pas le lui
retirer maintenant. — Prenons son Chatterton tel
qu'il est.

Nous sommes donc en 1770, dans une famille anglaise. Voici Kitty Bell, jeune femme de vingt-deux
ans, sentimentale et honnête, réservée et timide,
expansive et abandonnée seulement dans son amour
maternel. John Bell, son mari, est l'un des meilleurs
selliers de Londres, très zélé pour son état, pour la
confection et le perfectionnement de ses brides et de

ses étriers, homme de quarante-cinq à cinquante ans, vigoureux, rouge de visage, gonflé de bière et de rosbeef, étalant dans sa démarche l'aplomb de sa richesse et faisant sentir le maître à chaque geste et à chaque mot. C'est l'homme pratique. Chatterton, jeune homme pâle, poitrinaire, fait des vers, mais qui ne lui rapportent rien, ou peu de chose. Il faudrait, pour gagner sa vie et payer son loyer, qu'il écrivît beaucoup ; mais il ne veut pas trafiquer de sa pensée. D'ailleurs la critique l'a découragé. Kitty, qui a commencé par éprouver pour lui de la pitié, et qui éprouve peu à peu de l'amour, voudrait le sauver. Elle obtient du lord maire de Londres qu'il lui promette une place. — Entrevue du lord maire et de Chatterton. Chatterton consent à accepter cette place. La réponse arrive :

— Voilà le bienfaiteur !... Voyons, qu'offre-t-il ?... Une place de premier valet de chambre dans sa maison ! ! !... Ah ! pays damné, terre du dédain, sois maudite à jamais ! (*Prenant la fiole d'opium.*) O mon âme, je t'avais vendue ; je te rachète avec ceci ! ! ! (*Il boit.*) Libre à tous, égal à tous à présent ! Salut, première heure de repos que j'aie goûtée... Adieu, humiliations, haines, sarcasmes, travaux dégradants, angoisses, misères, tortures du cœur, adieu !...

Ce drame étrange eut un prodigieux succès. Il faut, pour le comprendre, restituer l'atmosphère contemporaine, se représenter l'enthousiasme, l'exaltation de la jeunesse d'alors, qui considère le poète comme un être fatal et sacré, irresponsable et inconscient.

La pièce vint à son heure : grand mérite, d'arriver à temps ! « C'était l'époque de la *métromanie ambitieuse*. On entendait réellement dans les mansardes

des poètes *le bruit des pistolets solitaires.* » (1) On
avait une haine formidable du bourgeois (le bourgeois, c'était tout ce qui gagnait de l'argent.) — John
Bell excitait une répulsion violente chez le public, et
plus d'une jeune femme romantique, dit Th. Gautier,
au teint d'opale, aux longues boucles anglaises, tour-
nait les yeux mélancoliquement vers son mari classique, bien nourri et vermeil, comme pour attester
la ressemblance.

Aujourd'hui la pièce subsiste comme œuvre d'art
très curieuse, mais la donnée en paraît inacceptable.
C'était en somme un réquisitoire contre la société :
« En vérité, je vous le dis, l'homme a rarement tort,
et l'ordre social toujours. Quiconque y est traité
comme Chatterton, qu'il frappe, qu'il frappe partout ! » Vigny alla jusqu'au bout de sa théorie : il
faut que la société nourrisse les poètes !

Mais quels poètes ? Après l'apparition de *Chatterton*,
le ministre de l'intérieur, M. Thiers, recevait tous les
jours lettres sur lettres de tous les Chatterton en herbe
qui lui écrivaient : « Du secours ou je me tue ! » Et il
disait : — Il me faudra renvoyer tout cela à M. de Vigny.

Vigny aurait été bien embarrassé. Qui jugera, en
effet, quels poètes doivent être rentés par l'État jusqu'à ce que l'inspiration leur descende du ciel ? Si l'on
en croyait les affirmations de l'orgueil, on irait loin,
cela pourrait coûter cher ; ajoutez que cela ne serait
pas toujours juste. Nous savons ce qu'étaient les pen-
sions sous Louis XIV : Chapelain, chargé de les distribuer, s'administra en tête de la liste la plus grosse
somme, comme *au plus grand poète français et du
plus solide jugement !*

---

(1) C. Lenient. — Voyez ses deux excellents articles dans la *Revue politique
et littéraire*, 25 août et 1er septembre 1883.

Faudra-t-il en croire la critique ? Mais elle se trompe sans cesse. Gustave Planche, qui n'était pas un imbécile, a mis un jour, dans un article de la *Revue des Deux-Mondes*, Brizeux au-dessus d'Alfred de Musset. C'est la postérité qui donne à chacun sa place ; mais, quand arrive l'heure de la justice définitive, il est trop tard pour pensionner les écrivains.

Il serait donc bien difficile de distribuer avec équité cette faveur. Tout ce qu'on peut faire, c'est accorder çà et là une récompense (le prix de 10,000 fr. donné en 1885 par l'Académie à Lecomte de Lisle ; le prix Maillet-la-Tour-Landry, fondé précisément à l'époque de *Chatterton*, etc...) Mais ces récompenses ne peuvent aller qu'à des poètes déjà connus et appréciés, c'est-à-dire qui n'en ont déjà plus besoin. Cela est toujours bon à recevoir, mais il faut, pour arriver là, avoir déjà supporté toutes les difficultés du début.

Il y a des moments où l'on voudrait avoir du loisir et où on est obligé de livrer tout de suite son œuvre, pour payer son écot au banquet de la vie. Eh bien ! on se rattrape une autre fois ! Voyez Molière bâclant la *Princesse d'Elide*, etc... Cela ne l'a pas empêché d'écrire le *Misanthrope !*

On peut se choisir une occupation lucrative, si la poésie n'est pas d'un rapport suffisant. « D'autres devoirs peuvent dignement s'associer au culte des lettres, et souvent, aliéner une part de sa liberté n'est encore qu'un moyen d'assurer à son esprit une entière indépendance. » (1) Le grand philosophe Spinoza polissait bien des verres de lunettes pour vivre ! Chatterton n'avait qu'à en faire autant ! Le génie est patient et vivace.

(1) Camille Doucet. *Discours de réception à l'Académie*, 1886, après son élection en remplacement d'Alfred de Vigny.

Il sait aussi dédaigner la critique envieuse, comme
le faisait Vigny lui-même. — Que n'a-t-on pas dit
contre Victor Hugo ? Cela ne lui a pas fait boire de
l'opium comme Chatterton, ni se tirer un coup de
pistolet. Il a continué à écrire des chefs-d'œuvre ; et
à quatre-vingt-trois ans, encore plein d'entrain, ne
le voyait-on pas promener de temps en temps à Paris,
sur les impériales d'omnibus, sa vieillesse toujours
souriante et toujours jeune ?

IV

Nous ne sommes qu'en 1835. Vigny ne mourra
qu'en 1863. — C'est pourtant à cette date que s'arrê-
tent ses œuvres imprimées de son vivant. Il avait eu
son jour de gloire avec *Chatterton ;* il n'engagea pas
de nouvelle lutte. A partir de ce moment, il se replie
sur lui-même, se renferme définitivement dans sa
tour d'ivoire. Fait curieux et peu commun ! A cette
activité jamais lasse des années précédentes succède
une période très longue de repos. Il écrit encore,
mais moins (nous verrons quoi tout à l'heure). Dix-
huit ans de silence après tant de bruit coup sur
coup ! Profitons de cette halte pour étudier l'homme,
maintenant que nous connaissons l'auteur. L'un et
l'autre se complètent, ou plutôt ne se séparent pas.

La vie d'Alfred de Vigny est peu chargée d'incidents. Les grands évènements de la vie des poètes,
ce sont leurs œuvres. — Deux faits méritent pourtant
d'attirer notre attention : son mariage et sa réception
à l'Académie.

Car il se maria ! Le fait est à noter. C'était une
théorie alors, que les poètes vivaient en dehors de la

société, étaient au-dessus de ses usages et devaient être *chose légère et volant à tout objet*. Il nous est resté depuis quelque chose de cette idée. M. Victor Cherbuliez, dans un discours prononcé à l'Académie (1), lui a donné naguère un regain de nouveauté.

— « La poésie et l'art sont des passions de célibataire, » a dit lui-même M. Coppée dans l'un de ses charmants *Contes en prose. (La brosse aux miettes.)*

Théories de 1830 ! Corneille et Racine ne pensaient pas ainsi ; et même la plupart des romantiques de 1830 commirent une inconséquence heureuse : Hugo, Lamartine, Vigny lui-même.

C'est en 1825 que ce dernier se maria, à Pau, avec la petite-fille d'un de ces grands commerçants anglais qui rapportent de l'Inde des fortunes princières. Il épousa, dit Sainte-Beuve, *une Anglaise et un procès*, qui dura trente ans, au bout desquels la fortune du nabab se trouva fort diminuée et réduite à une réalité très modeste.

La jeune fille, qui s'appelait Lydia, était, paraît-il, charmante. — Quant au beau-père, c'était un grand original, qui avait parfois quelque peine à se rappeler le nom du poète son gendre. Un jour à Florence, à un dîner où était Lamartine, on parlait des jeunes poètes français du moment : « Et moi aussi, dit-il, j'en ai un qui a épousé ma fille ! » — Et son nom ? lui demande-t-on aussitôt. Et comme il cherchait dans sa tête sans le trouver, il fallut qu'on lui en nommât plusieurs pour qu'il dit au passage : « C'est lui ! »

Quant à la réception de Vigny à l'Académie française, l'histoire en est fort curieuse. Elle eut lieu en 1846. — Les visites académiques, avant l'élection, pour se concilier la faveur des académiciens et leur

(1) Lors de la réception de M. François Coppée (18 décembre 1884.)

demander leur voix, ne sont pas, paraît-il, toujours
drôles. Vigny nous a raconté les siennes dans son
Journal. Il visite Baour-Lormian, vieux poëte pauvre
et aveugle, qui lui parle de son *Omasis*, de sa traduction d'*Ossian*, etc...; Chateaubriand, infirme et rabou-
gri, qui lui dit : « Je voterais volontiers pour vous,
mais il y a M. Pasquier ! Il n'a rien de commun avec
la littérature; mais je le connais depuis quarante ans, il
est fort aimable avec nous, et Mme de Chateaubriand
veut que je lui donne ma voix ; » Royer-Collard, qui le
reçoit dans son antichambre et lui redit le mot imperti-
nent qu'il avait dit à Victor Hugo, cinq années auparavant : « Ah ! vous faites des ouvrages ? Je n'ai pas
l'honneur de les connaître. Je ne lis pas, je relis ! »

Le jour de la réception arriva enfin, et le récipien-
daire lut son discours, majestueux et raide dans son
habit vert d'académicien, tenant à distance (il était
presbyte) son cahier immense, lentement déroulé,
ayant à la main un porte-crayon d'or, pour marquer
les passages accueillis par des murmures flatteurs...
Le début ne lui concilia pas la sympathie de l'audi-
toire : — Vous êtes venus, disait en somme l'orateur au public, vous êtes venus pour voir ma tête, et
vous avez bien raison ! Il l'avait fort belle, régulière,
sculpturale, encadrée de longs cheveux tombant sur
les épaules; mais on sentait qu'il l'admirait trop, et son
exorde agaça. Le reste de son discours, froid et com-
passé, très long, fut débité avec un air de satisfaction
séraphique, comme si l'orateur parlait à lui seul.
Vint la réponse de Molé. Il se produisit dans le public
une détente subite, une vraie décharge d'électricité.
Toutes les malices à l'adresse de Vigny furent souli-
gnées, applaudies à tout rompre... (1)

(1) D'après Sainte-Beuve, *Nouveaux Lundis* Tome VI, p. 429-440.

Vigny sortit furieux, croyant à une mystification, persuadé que M. Molé avait changé son discours : « L'attaque de M. Molé est une offense *impardonnable* et *irréparable*. » (*Journal*, 28 mars 1846.) — Il ne remit pas les pieds à l'Institut jusqu'à la mort de Molé et refusa de se faire présenter au Roi par lui.

Nous saisissons là sur le fait l'orgueil du poète. Nul n'a poussé plus loin que lui le *pontificat littéraire :* « Oh ! fuir, fuir les hommes et se retirer parmi quelques élus, élus entre mille milliers de mille ! » (*Journal*, 1830.) « Les animaux lâches marchent en troupe. Le lion marche seul dans le désert. Qu'ainsi marche toujours le poète ! » (*Ibid.*) « Vigny, dit Dumas (*Mémoires*, tome XIII), ne touchait jamais à la terre que par nécessité ; quand il reployait ses ailes et qu'il se posait, par hasard, sur le sommet d'une montagne, c'était une concession qu'il faisait à l'humanité. »

Son contact avec le monde lui ménageait des froissements douloureux. Toujours plein de lui-même, il ne comprenait pas que les autres ne fussent pas dans une admiration perpétuelle de sa personne. Il faisait un jour une lecture d'*Eloa* chez une duchesse. Il allait commencer, lorsque quelqu'un dit : « Madame la duchesse, si vous nous faisiez donner des cartes, cela ne nous empêcherait pas d'entendre monsieur ! » — Maladresse d'un sot dont l'orgueil de Vigny, vingt ans après, saignait encore. Il n'était pas de ceux qui portent légèrement le poids de la gloire.

Ces blessures de l'amour propre avaient augmenté chez lui une tristesse née avec lui. — Il y a des gens qui voient la vie en beau, d'autres qui la voient en laid. Cette dernière disposition est fréquente chez les poètes modernes. Il y eut en Vigny, de bonne heure, un immense dégoût de toutes choses. A chaque nouvelle satisfaction éprouvée, il dit : « Ce n'est que cela ! » Ses ouvrages peuvent être considérés comme les chants divers d'une sorte de *poème de la désillusion*.

Il se complaisait dans son infortune obstinée et systématique, mais cette amertume ne détruisit pas en lui la pitié. Il trouvait le monde mal fait, mais s'y intéressait pourtant, et aurait voulu y voir universellement régner les sentiments généreux qu'il avait en lui : « Le jour où il n'y aura plus parmi les hommes ni enthousiasme, ni amour, ni adoration, ni dévouement, creusons la terre jusqu'à son centre, mettons-y cinq cents milliards de barils de poudre, et qu'elle éclate comme une bombe au milieu du ciel ! » (*Journal*.) Il aimait sa mère d'un amour profond : « Mon père mourut ; il avait soixante-quatorze ans. Il me tendit la main courageusement ; il avait sa raison entière. — Mon fils, me dit-il, je ne veux point faire de phrases, mais je sens que je vais mourir : c'est une vieille machine qui se détraque. Rends ta mère heureuse et garde ceci. — C'était le portrait de ma mère, fait par elle-même. Je l'ai encore... J'ai obéi et je l'ai rendue heureuse. Cela est écrit dans ma conscience, et je l'écris devant tous et devant Dieu. » (*Ibid.*) Il était obligeant plus que personne, nullement jaloux des succès des jeunes, ne tournant jamais au Royer-Collard maussade et aigri, ne remettant jamais au lendemain une bonne action qu'il pouvait faire la veille. « Je crois, dit-il, à une vocation ineffable qui m'est donnée, et j'y crois à cause de la pitié sans bornes que m'inspirent les hommes, mes compagnons de misère, et à cause du désir que je me sens de leur tendre main et de les élever sans cesse par des paroles de commisération et d'amour. » C'est ce *désir miséricordieux* qui a fait Vigny poète.

Il était dans la vie pratique exactement le même, tendre, affectueux, d'humeur douce, poli, même envers les domestiques. Son père lui avait donné une très juste idée de la noblesse : il n'avait ni dédain transcendant ni morgue hautaine, mais une dignité parfaite, une grandeur d'allure qui n'était nullement affectée. Gentilhomme de l'ancien régime, il avait conservé tous les anciens usages de sa classe, dont quelques-uns paraissaient fort étranges. Il appelait sa femme *madame*, la saluait en entrant dans un appartement où elle se trouvait, et lui baisait la main.

V

C'est avec ce mélange de qualités exquises et, non de ridicules, mais de singularités, que plusieurs de nos compatriotes d'Angoulême l'ont connu, — car Vigny habita souvent, sinon parmi nous, du moins près de nous.

« Le nombre est grand, disait-il spirituellement, des châteaux que je n'ai plus ! » — Il lui en restait un, le Maine-Giraud (commune de Champagne, canton de Blanzac, arrondissement d'Angoulême) :

« Il n'y a qu'aux poètes qu'il arrive de pareilles choses ! Mes pères aimaient ce château féodal. C'est une petite forteresse entourée de bois de chênes, d'ormes de frênes et de vertes prairies rafraîchies par des fontaines et des sources pures. Les rentes féodales et les prises seigneuriales lui donnaient beaucoup de valeur et épargnaient presque toute culture. On se promenait à l'ombre des bois et au bord des eaux ; le revenu arrivait tout seul. — La Révolution vient et fait la soustraction de tout revenu. Il me reste donc de grands bâtiments et un grand parc à entretenir, et des bois que je n'ai pas le courage de couper, parce que les vieux arbres ressemblent à de grands parents et que leur absence ôterait tout charme à l'habitation (1). — Si tout cela, du reste, ne rapporte rien, il y a un dédommagement, c'est que les impositions en sont énormes et me donnent droit d'être député. (2) Or, c'est justement ce que je ne veux pas être. » (*Journal*, 1838.)

C'est justement ce que je ne veux pas être. Inconséquence des plus grands esprits ! Vigny se présenta à la députation dix ans plus tard, dans le département de la Charente, et fit, tout comme un autre, sa *circulaire électorale.* On peut la lire dans un recueil d'articles de M. Jules Claretie (3), où elle est reproduite en entier. L'auteur d'*Eloa* se présentait contre M. Babaud-Laribière, qui fut élu.

Il était donc Charentais d'adoption, et c'est par une singulière erreur que Lamartine cite le Maine-Giraud *du pays d'Anjou*, et parle avec émotion des *silencieux ombrages de l'Anjou.* Il est vrai que M. Anatole France (4), qui place le Maine-Giraud dans la *Beauce*, n'est guère plus heureux.

Vigny venait assez souvent de Paris à sa campagne. Une fois (en 1853), il fit même d'une manière assez étrange le voyage de retour. Sur les instances de Mᵐᵉ de Vigny, effrayée par le terrible accident des

(1) Les littérateurs sont de détestables propriétaires. — Voyez Mᵐᵉ de Sévigné, lettre du 27 mai 1680.

(2) Il fallait alors payer 200 fr. d'impôts pour être électeur, et 500 fr. pour être député.

(3) *La libre parole*, Lacroix et Cⁱᵉ, 1868.

(4) *Alfred de Vigny, étude littéraire*, 1868. — Pour Lamartine, voyez *Cours familier*, leçon 94.

environs de Poitiers, il se fit charroyer jusqu'à Paris par un voiturin, et demeura en route 288 heures au lieu de 12 par la voie ferrée ! — Du Maine-Giraud, il se rendait à Angoulême, où sa première visite était pour le bibliothécaire, savant modeste avec lequel il entretenait des relations non pas familières, — personne n'a vécu dans la familiarité de Vigny, pas même lui ! disait Jules Sandeau, — mais fort courtoises. Il lui écrivit un assez grand nombre de lettres, dont quelques-unes sont intéressantes à consulter (1).

Puis, de retour de la ville, il se renfermait *dans sa cellule, où il vivait comme un bénédictin.* Que faisait-il, dans sa cellule, ce moine laïque ? Il y lisait avec réflexion : « Je ne peux lire que les livres qui me font travailler. Sur les autres, ma pensée glisse comme une charrue sur le marbre. J'aime à labourer. » Il y continuait son *Journal* si curieux, dont son exécuteur testamentaire, M. L. Ratisbonne, a donné une partie (jusqu'en 1848), et où se trouvent de si belles pensées. Il y écrivait enfin les poèmes publiés après sa mort sous le titre général de *Destinées*, et où se marquent en traits si profonds ces deux sentiments : — une grande mélancolie, qui n'a fait que s'accroître chez lui avec les années, et qui lui inspire des vers sublimes, — une légitime fierté qui lui fait dire en parlant de ses illustres aïeux :

C'est en vain que d'eux tous le sang me fait descendre :
Si j'écris leur histoire, ils descendront de moi !

Il entonne maintenant le chant du sacre de l'intelligence, et le grand seigneur déchu, ruiné par la Révolution, se console de ses malheurs en songeant

(1) Voyez à l'Appendice la note sur *les lectures d'Alfred de Vigny.*

qu'il fait partie de l'aristocratie de l'esprit. Il croit à
l'immortalité de sa gloire ; il ne demande pas, d'ailleurs, une gloire bruyante ni populaire :

> Flots d'amis renaissants ! Puissent mes destinées
> Vous ramener à moi de dix en dix années,
> Attentifs à mon œuvre, et pour moi c'est assez !

Si tel était son dernier désir, on peut dire qu'Alfred
de Vigny, qui se trouvait si malheureux pendant sa
vie, a eu plus de chance depuis qu'il est mort, car
ce vœu a été pleinement réalisé. La critique s'est
assez souvent occupée de lui (1), sentant bien que,
si son œuvre n'était pas volumineuse, elle était durable ; et elle a fait une place à part dans l'histoire de
la littérature à ce poète de haut vol, à ce gentilhomme
de lettres, revendicateur hautain des droits sacrés de
la pensée.

(1) Ce n'est même pas *de dix en dix années*, mais souvent d'une année à
l'autre, qu'ont paru les belles études de Sainte-Beuve (*Nouveaux Lundis*,
tome VI), de Lamartine, de MM. Jules Levallois (*Opinion nationale*, 1868),
Anatole France, Charles Lenient, Th. de Banville (*Mes souvenirs*), H. Blaze de
Bury, (*Revue des Deux-Mondes*, 1er juillet 1881), Paul Albert (*Les origines
du romantisme*), etc., sans oublier M. Faguet, dont j'ai mentionné l'ouvrage au
début même de ce travail. Et sans doute, bien qu'on ait dit beaucoup et d'excellen-
tes choses sur ce grand poète, tout n'est pas dit.

SUR UN POÈTE AMATEUR [1]

Si, comme le veut La Bruyère, notre devoir n'était que de dire : « Il y a un tel livre qui court et qui est imprimé chez tel éditeur, en tels caractères ; il est relié et en beau papier, » maintenant que nous avons transcrit le titre du livre de M. Depiot, nous n'aurions plus qu'à nous taire. Mais l'ouvrage que nous avons sous les yeux n'est pas de ceux qui redoutent l'examen de la critique. Il l'appelle, au contraire, et plus il est relu, plus il est goûté. On peut y revenir souvent, sûr d'y faire chaque fois une agréable découverte et d'y trouver matière à quelque réflexion nouvelle. Nous espérons donc qu'on nous saura gré de l'étudier, sinon comme il le mérite, du moins aussi complètement que nous le permettra le cadre nécessairement restreint d'une causerie littéraire.

I

Si, au moment où nous avons ouvert le volume, nous n'avions connu de l'auteur que sa profession ; si nous n'avions pas su par ouï dire quelle haute idée il se faisait de la poésie, nous aurions pu nous atten-

(1) *Poésies, fables et épîtres*, par J. Depiot. 1 volume. Calman Lévy, éditeur.

dre à ne nous voir guère servir par lui que des madrigaux et des chansons. C'est, en effet, à ces jeux frivoles de l'esprit que beaucoup de personnes sérieuses bornent leur ambition, et c'est une remarque facile, mais curieuse à faire, que plus les occupations auxquelles on se livre sont graves, plus le genre de poésie qu'on cultive est ordinairement badin. Combien de magistrats ne sont jamais sortis du compliment sous forme de quatrain ou de triolet! Voici, par exemple, un petit livre dont je tourne les pages au hasard. Il est vrai qu'il date de 1804, et qu'on était peut-être plus galant alors qu'aujourd'hui. Qu'est-ce que je lis? *A Mlle ***, en lui envoyant un chat; Impromptu à des dames qui, après avoir chanté très agréablement, m'ont prié de chanter à mon tour; A une jolie femme qui voulait que l'auteur écrivît un couplet sur ses genoux :*

Sur vos genoux, ô ma belle Eugénie,
A des couplets je songerais en vain;
Le sentiment vient troubler le génie,
Et le pupître égare l'écrivain!

Mais ce qui est encore plus comique que les sujets choisis par les graves auteurs en veine de divertissement, ce sont les hésitations et les scrupules qu'ils éprouvent à de certaines heures. C'est ainsi que, dans son discours de réception (1850), un membre de l'Académie des sciences, belles-lettres et arts de Bordeaux cherche à se disculper : « On m'a souvent demandé, messieurs, on me demande souvent encore pourquoi j'ai embrassé ce genre de poésie qui cadre mal, dit-on, avec la gravité du magistrat. Le style, c'est l'homme, m'objecte-t-on, et vous serez traité comme un homme léger si vous faites de la poésie légère! Je pourrais d'abord répondre avec Virgile :

Trahit sua quemque voluptas. Mais, messieurs, ce mot de Buffon n'est pas toujours vrai dans un sens absolu, et d'illustres exemples ont assez prouvé, dans tous les temps, qu'on pouvait être à la fois poète badin et sévère justicier. La gravité de l'écrivain n'est pas garant de l'austérité de sa vie... Montesquieu, dont j'ai vu l'image me sourire avant que j'aie quitté le lieu de nos séances pour pénétrer dans cette enceinte, Montesquieu avait fait de la prose poétique... Dupaty, avocat général, puis, comme Montesquieu, président à mortier au Parlement de Bordeaux, traçait de la même main ses réflexions historiques sur les lois criminelles et des vers charmants dont les périodes cadencées rivalisent avec ceux de Desmoustiers... Je pourrais, si je le voulais, citer mes modèles et mes auteurs responsables, mais je me contente de dire, avec un ancien, qu'on peut être gai dans ses vers et décent dans ses mœurs : *Vita verecunda est, musa jocosa mea est.* »

On voit avec quelle peine ce poète léger se met en paix avec sa conscience. Quant à nous, ce n'est point sur la moralité de ce genre de poésie (ce sont récréations bien innocentes), mais sur sa valeur littéraire, que porteraient nos doutes. Non qu'il convienne d'affecter à son égard un mépris transcendant : les plus grands écrivains n'ont pas dédaigné de s'abaisser quelquefois jusqu'à lui. Ce dont, croyons-nous, il faut se garder, c'est d'attacher à ces bagatelles plus d'importance qu'il n'est juste, c'est de ne voir dans la poésie qu'un moyen de donner plus d'agrément aux relations de la vie et plus de délicatesse au plaisir, et de ne lui demander que d'élégantes fadeurs. On objecte : « Mais quoi ! faire mentir l'axiome *ex nihilo nihil*, faire de rien non seulement quelque chose, mais quelque chose de complet, dont toutes les parties s'encadrent et s'harmonisent, n'est-ce donc pas créer à l'instar du divin architecte ? Pense-t-on qu'il faille moins d'*adresse* pour tailler l'étincelle que pour dégrossir le diamant ? » Ces raisons futiles ne nous convaincront pas. Il ne s'agit point de savoir s'il y a de l'adresse dans ces exercices futiles : l'adresse seule ne signifie rien ! Il s'agit de faire passer dans ses vers quelque chose de ses émotions et de sa pensée. Hors cela, on peut dire que tout n'est que peine inutile et temps perdu.

Ces réflexions étaient nécessaires pour faire ressortir tout d'abord le mérite de M. Depiot. Nous avons voulu commencer par le tirer de la foule sans nom des rimeurs de société. Ce n'est pas qu'il ignore l'art d'improviser un madrigal : il s'en tire à l'occasion aussi bien et même mieux qu'un autre, car il a un esprit délié et beaucoup de tact ; mais il sait qu'on est en droit d'attendre mieux de lui, et quand il publie un volume de vers, il a le bon goût de garder ses impromptus en portefeuille, ou plutôt il n'a pas cette peine, car il ne se souvient plus de ces œuvres éphémères : ce sont des fleurettes qu'on laisse tomber, mais qu'on ne ramasse pas.

Il y a pourtant des poésies légères parmi celles de M. Depiot ; mais il faut dire que dans celles-là même il dépasse le niveau commun. Nous classerons dans cette catégorie *A la gaîté*, *A quoi sert la vue*, *Rose de Noël*, *Les Trois amours*, *Mon village*, agréable périphrase des vers connus de Joachim du Bellay :

> Plus me plaist le séjour qu'ont basti mes aïeux
> Que des palais romains le front audacieux,
> Plus que le marbre dur me plaist l'ardoise fine,
> Plus mon Loire gaulois que le Tibre latin,

Plus mon petit Liré que le mont Palatin
Et plus que l'air marin la douleur angevine.

(Regrets, sonnet XXI.)

On trouve dans toutes ces pièces des vers qui ne manquent ni d'esprit ni de grâce, et du moment qu'il est entendu que nous n'en exagérons pas la valeur, nous pouvons la reconnaître.

Au reste, sans sortir du genre aimable, l'auteur atteint plus d'une fois la vraie distinction. Telle pièce, *La Liseuse* par exemple, qui a une centaine de vers, est très jolie d'un bout à l'autre. L'Académie des Jeux floraux lui a décerné une couronne. Et c'est justice, car dans un genre secondaire où l'originalité est difficile, M. Depiot a su être intéressant et a mis une science parfaite du vers français et une extrême délicatesse d'expression au service d'une verve ingénieuse.

Mieux encore que dans la poésie légère, où elles étaient un peu comme à l'étroit, ses qualités d'esprit trouvent l'occasion de se manifester dans la fable, qui, avec son action et sa morale, est déjà une comédie en germe et un poème en miniature. Disons-le tout de suite, les essais de notre auteur sont ici très heureux, et l'on serait fort embarrassé de faire un choix. Les fables purement morales ou littéraires, telles que *la Rose mousseuse, le Papillon, la Poupée naturaliste,* auraient peut-être pour nous l'avantage d'agiter des questions moins controversées et moins brûlantes ; mais, d'un autre côté, quel entrain il y a dans *les Oiseaux législateurs* et dans *Un Loir et un Chat !*

Un chat brigua la royauté ;
Ce n'était qu'un chat de gouttière...

Voici maintenant pour le divorce :

..... Justes dieux ! gémit la tourterelle,
On fait à notre sexe une indigne querelle.

Mon époux est à moi comme je suis à lui ;
l'es nids les plus heureux le nôtre est le modèle.
N'allez pas proclamer le droit d'être infidèle !

On rencontrerait ainsi dans chaque morceau des
traits charmants, et, tout compte fait, nous ne savons
pas si nous opterions pour les fables politiques ou
pour les autres. Le mieux est de les accepter toutes
sans leur assigner des rangs. C'est ce qu'a fait pour
son compte un critique qui n'est pas clément d'habitude envers les poètes, mais dont les arrêts, quoique
sévères, sont fort écoutés, M. Maxime Gaucher (1).
M. Depiot n'a pas à se plaindre de lui, puisqu'il l'a
comparé, sinon à La Fontaine, qui est peut-être le
plus grand poète du XVIIe siècle, du moins à M. Viennet.
Si vous songez que M. Viennet avait un esprit vif et
caustique, une franchise provocante, un style alerte,
et que ses fables l'ont fait nommer en 1831 membre
de l'Académie française et pair de France en 1839,
trouverez-vous que c'est un mince mérite de ressem-
bler à un fabuliste comme celui-là ?

Ce que nous louerons chez M. Depiot, c'est d'abord
l'aisance du rythme, cela même qui agaçait si fort
Lamartine quand il lisait La Fontaine. Le vers libre,
si difficile à manier avec succès, se prête bien mieux
que l'autre à suivre tous les détours de la pensée, et
ses coupes inattendues produisent par elles-mêmes
les effets comiques que cherche l'écrivain. Au contraire, un mètre trop régulier et trop marqué nuit à

---

(1) *Revue politique et littéraire.* — M. Maxime Gaucher, qui est curieux,
aurait voulu savoir ce qu'est M. Depiot. « Il ne nous le dit pas, » écrit-il. — Nous
répondrons à cela : C'est vrai, mais ne nous le laisse-t-il pas entendre lorsqu'il
parle du *code impérissable* et qu'il décoche contre le palais ce trait de bonne
satire :

Les gens braves alors s'en vont à leurs affaires,
D'autres à leurs plaisirs, car c'était le printemps,
La cause est remise à cent ans ?

la vivacité du récit. On n'a pour s'en convaincre qu'à se rappeler *le Rat de ville et le Rat des champs* de La Fontaine, ou encore *le Statuaire et la Statue de Jupiter*. Rien de plus monotone et de plus ennuyeux. Il faut à la fable la liberté de ses mouvements.

Il est une autre loi du genre à laquelle s'est aussi très heureusement conformé M. Depiot. L'apologue moderne est essentiellement différent de l'apologue grec. Celui-ci, bref, précis, n'était que le vêtement exact d'un conseil pratique ou d'une vérité morale. Tout y courait au but ; on peut même dire que tout y arrivait trop tôt. Ce n'était même pas une œuvre littéraire que cette simple esquisse où, à peine les prémisses posées, on tirait la conclusion. Il y a plus : l'apologue ésopique, en voulant être trop rapide et démontrer trop vite, ne démontre rien en réalité. Il n'est en quelque sorte que la répétition du précepte même. Il en est une première expression, il n'en est pas la preuve. L'apologue moderne est plus animé. On nous peint les acteurs de la scène qui va se jouer, on nous fait connaître leur moral, on nous intéresse à eux ; nous les entendons parler, nous les voyons agir, et comme tous ces détails poétiques nous rendent, quand nous arrivons à la dernière ligne de la fable, la vérité plus lumineuse !

Il faut donc féliciter l'auteur de n'avoir pas, comme on le fait encore quelquefois de nos jours, forcé ses apologues à entrer dans le lit de Procuste du quatrain, mais de nous avoir donné de petits ouvrages pleins d'enjouement et de vie. Bien lui en a pris, car ses fables sont l'une des parties les plus attachantes de son recueil.

Mais il ne suffit pas d'écrire de jolies fables. — Aimer et penser, ou, pour parler comme Musset :

..... éterniser un rêve d'un instant,
Aimer le vrai, le beau, chercher leur harmonie,

voilà deux sources profondes de l'inspiration où la
poésie se rajeunit sans cesse et qu'elle n'épuise pas.
Il y a même plus à dire en faveur de l'amour : il est
l'origine première de toute vocation poétique. On
connaît le mot de ce magistrat qui répondait toujours,
à la nouvelle de quelque crime récemment décou-
vert : « Cherchez la femme ! » On peut la chercher
aussi lorsqu'il s'agit de ce crime qui consiste à faire
des vers (aux yeux de bien des gens, c'est de tous le
plus impardonnable), et l'on a des chances de la
trouver. Ce que dit François Coppée :

Ce sont des cheveux blonds qui me firent poète,

tous peuvent le redire. Il n'y aurait pour quelques-
uns que la couleur des cheveux à changer.

Notez bien que cela n'empêchera pas de répéter
jusqu'à la fin du monde : « Les poètes ne savent pas
aimer ! C'est aux fantômes de leur imagination qu'ils
s'attachent tous (1), ce sont des Philis en l'air qu'ils
courtisent ! Pour la race des rimeurs, une femme est
une muse ! » Combien il serait aisé... Mais on ne
s'arrête pas à discuter ces plaisanteries-là. Revenons
à notre volume.

Il ne contient pas un grand nombre d'élégies, mais
celles qu'on y rencontre ne sont pas vulgaires. Le
sentiment en est délicat et vrai, le style soutenu. Nous
relèverons au hasard quelques passages :

Que sert de le cacher ? Je sens bien que je l'aime.
Pourquoi prendre plaisir à me tromper moi-même ?

(1)   Ce que j'aimais en toi, c'était mon propre rêve ;
Ce que j'aimais en toi, je ne l'ai pas perdu !
                          (Louis BOUILHET.)

> Pourquoi, malgré mon cœur qui me dément tout bas,
> Me répéter toujours que je ne l'aime pas ?...

> ... Oui, je me souviens, et je songe
> Aux regards qui cherchaient les miens,
> A l'espoir qui ne fut qu'un songe,
> Aux serments, hélas ! au mensonge...
> J'oublierai, — mais je me souviens.

Et plus loin, lorsque le poète jette un regard mélancolique — mais consolé — sur ses jeunes années :

> Aimer était pour nous la seule affaire au monde !
> Le parfum d'une rose ou d'une tresse blonde
> Nous laissait enivrés et rêveurs tout un jour.
> Richesse, honneurs, pouvoirs, qu'importaient ces chimères ?
> Nous prenions en pitié ces hochets éphémères ;
> N'avions-nous pas l'amour ?

> Musset, Hugo, Chénier, ô sainte poésie,
> De tes banquets divins nous versaient l'ambroisie ;
> Et les strophes de feu, les rythmes éclatants,
> Faisaient à l'unisson vibrer toutes nos âmes.
> Poètes adorés, chants aimés, pauvres femmes,
> Où sont nos amours de vingt ans ?

Ces accents émus ne suffisent-ils pas à justifier cet éloge de M. Maxime Gaucher : « La voix de M. Depiot, sans être puissante, est agréable ? »

Sans être puissante ? Entendons-nous. Il serait facile à l'auteur de plaider ici sa cause. Mais comme il la gagnerait encore, fût-elle mauvaise, essayons de voir par nous-même ce qu'il en est. — L'amour qui inspire le poète moderne n'est plus guère celui que chantaient Alcée et Sapho, âpre, furieux, brutal, tragique, « l'amour-maladie, » suivant l'expression de Sainte-Beuve. Ce que nous notons le plus volontiers aujourd'hui, ce que les plus charmants de nos poètes traduisent dans leurs vers, ce sont les finesses exquises que la civilisation a apportées au cœur de l'homme, ce sont les nuances ineffables de la douleur et de l'amour, les raffinements infinis de la sensibilité. Les chants n'étant plus les mêmes, il faut une autre voix, il faut le vers ondoyant et souple de l'auteur des *Intimités* ou la touche légère d'un Sully-Prudhomme. La puissance n'a que faire ici ; elle ne servirait qu'à gâter tout. Le poète élégiaque moderne prend un papillon sur une fleur. Mettez-lui comme instrument une pierre dans la main et dites-lui de viser sa proie avec cela : l'opération faite, il n'y aura plus ni fleur ni papillon.

Mais si notre poète ne recherche dans ses vers amoureux ni la force ni l'éclat, il ne faudrait pas croire que, lorsqu'il traite d'autres sujets, il manque de l'un et de l'autre. Il prouve à l'occasion que si « le sentier qui monte aux cimes est rapide » (1), il est assez brave pour s'y engager, et quelquefois assez heureux pour arriver au bout.

II

J'insisterais volontiers, sur l'ode *A la France vaincue*, où l'on trouve des vers comme celui-ci :

> Il est des souvenirs beaux comme l'espérance !

mais j'ai hâte de parler d'une des pièces capitales du livre, *la Poésie de la Science* :

> ... Toujours des vers, des mètres et des rimes !
> Des vers sur tous sujets, familiers ou sublimes !
> Vingt genres différents, cent rythmes inégaux,
> Ode, élégie, épître, idylle, madrigaux !
> Ne serons-nous jamais saturés d'harmonie ?

Non, répond l'auteur ; il y a des genres qui se démodent, voilà tout. Les poétiques passent, la poésie reste. On s'imaginait qu'elle était partie avec la

(1) V. Hugo, *Chants du crépuscule.* (Anacréon.)

mythologie païenne et la mythologie chrétienne. Eh
bien ! il faut croire aux revenants, car elle est au
milieu de nous, et plus vivante que jamais. La science
avait cru la tuer ; elle ne lui a donné qu'une jeunesse
nouvelle. Voyez, en effet : nous avons chassé des
cieux, des eaux, des monts et des bois Éole et les
sylphes, les naïades et les ondines, les nymphes et les
fées. Pour nous, les formes ne sont plus que des
forces exprimées, et les mouvements des forces qui
s'expriment. Presque rien ne nous échappe de l'activité secrète qui met en jeu le mécanisme puissant de
l'univers. Il y a plus : cet ordre merveilleux que
nous découvrons dans le monde, nous savons qu'il
n'a rien de véritable, qu'il n'est que la façon dont les
choses nous apparaissent, qu'il n'est que le signe et
comme la projection du monde réel. Mais combien
cette réalité que notre pensée contemple est plus
belle que le vain fantôme qui éblouit nos yeux ! Eh
quoi ! parce que nous avons observé la nature dans
tous les sens et que nous la comprenons mieux, on
prétend qu'elle nous reste indifférente ? Maintenant
que nous l'avons dépouillée des oripeaux de la mythologie, on nous défend de tomber à genoux devant sa
splendide nudité ? Lorsque le télescope de l'astronome
découvre

> ... des étoiles, après des étoiles, des feux
> Après des feux, des cieux, des cieux, des cieux, des cieux ! (1)

nous serions condamnés jusqu'à la fin de nos jours à
chanter « l'aimable peinture des fleurs » et à écrire
des églogues d'opéra comique ? Ce sont là des idées
malheureusement fort répandues, dont il faudrait faire
une bonne fois justice.

---

(1) Victor Hugo, *Légende des siècles.*

La science, qu'elle le veuille ou non (et pourquoi ne le voudrait-elle pas?) sert la poésie (1). Il suffirait, pour s'en convaincre, de jeter un coup d'œil sur la littérature de notre siècle. On peut compter parmi ses plus incontestables conquêtes le sentiment de la nature. Cette conquête a tenu sans doute à bien des causes, mais qui dira que le progrès des sciences naturelles n'a pas été la principale? Si le poëte moderne est d'intelligence avec les choses, n'est-ce point parce que la science lui a fait sentir partout la palpitation de la vie universelle, la grandeur des forces qui travaillent sans relâche dans le vaste sein de la nature, et les affinités cachées des passions humaines et des phénomènes du monde extérieur?

Que disait-on donc encore, que les progrès de la science rendaient de jour en jour moins nécessaire l'hypothèse d'un être suprême, et que les cieux ne racontaient plus la gloire de Dieu, mais seulement celle de Newton et de Laplace? Pauvre philosophie, que celle qui tranche les questions si vite, parle de l'inconnu comme si elle le connaissait, et parce qu'elle a calculé mathématiquement toutes les vibrations du concert, nie l'existence du musicien! *Le hasard des soleils explique la genèse.* Qu'en savez-vous? Alors même qu'il serait aussi certain qu'il est douteux que toutes les espèces sont sorties les unes des autres par des évolutions successives et progressives, serait-il moins nécessaire, à l'origine de ces évolutions, en face de cette pâle et morne cellule qui renfermait l'avenir du monde, d'admettre une intelligence souveraine, une puissance infinie, un génie plus puissant

(2) La thèse contraire, maintes fois réfutée depuis, a été soutenue par V. de Laprade dans ses *Questions d'art et de morale.* (Didier.)

pour créer les lois du monde que les génies humains
ne le sont pour les expliquer?

M. Depiot croit ainsi que tout a sa raison dans un
principe supérieur, que tout ce que nous comprenons
de nous-mêmes et du monde nous enseigne Dieu, que
tout ce que nous ne comprenons pas nous l'enseigne
encore, et la discussion philosophique se termine
chez lui en acte d'adoration.

Telles sont les grandes idées qu'exprime ou que
suggère notre poète, qui sait être puissant quand il
le faut. Que de belles pages, s'il fallait en donner la
preuve, se présenteraient d'elles-mêmes à notre mémoire ! Le poème intitulé *Avant les âges* mériterait
d'être mis tout entier sous les yeux du lecteur :

> ..... Mais dans les profondeurs de ce recueillement,
> Prélude d'un immense et long enfantement,
> Sommeillaient on ne sait quels augustes mystères.
> Ainsi, parfois, les flots muets et solitaires,
> Dont nulle brise encore ne soulève les plis,
> Sous un linceul brumeux gisent ensevelis.....
> Les germes de soleils, les embryons de mondes
> S'avancent à travers l'éther silencieux,
> Puis, voyageurs perdus dans le désert des cieux,
> Egarés par l'élan de leur course hardie,
> Au sein même du feu promènent l'incendie.....

Je ne sais si je me trompe, mais ce passage ne
rappelle-t-il pas la touche magistrale de Victor Hugo ?
Que M. Depiot me pardonne ce rapprochement : je
ne le crois pas injurieux pour lui, quel que soit le
jugement qu'il porte sur l'auteur de la *Légende des
siècles*, quand il l'appelle « un enfant du Parnasse,
qu'on en dit le Maître. »

III

Ce que dit notre auteur de Victor Hugo, il ne le
dit point au hasard et en passant : c'est une consé-
quence des doctrines littéraires qu'il défend dans son
volume, car M. Depiot, comme nous allons le voir
par l'étude de ses épîtres, n'a pas moins fait œuvre
de critique que de poète. Dans d'autres endroits
déjà, notamment dans deux sonnets, l'un sur Daudet
et Zola, l'autre sur Lamennais, il avait touché quelques points de littérature ; ici, sous une forme heureuse, qui est à peu près celle de l'épître de Musset à
Mathurin Régnier, il aborde des questions de goût
qu'il engage le lecteur à examiner avec lui, bien que
ce ne soit pas à nous, mais à Voltaire, à Molière et à
Boileau qu'il s'adresse.

« On a sa patrie dans le temps comme dans
l'espace », écrivait naguère un spirituel académicien,
M. Cuvillier-Fleury. — M. Depiot est Français, et en
outre il adore le xviiᵉ siècle, ce qui est pour lui
comme pour quelques autres une façon d'être plus
Français encore. Que n'a-t-on pas dit pourtant contre
nos classiques ? Je passe les attaques des Allemands,
de W. Schlegel, de Schiller, qui trouve que les femmes
du théâtre de Corneille ne sont « que de misérables
créatures, » et de Jacques Grimm, qui a « souvent
ouvert avec la meilleure volonté du monde Corneille,
Racine et Boileau, » mais ne peut « en soutenir la
lecture parce qu'il est évident qu'une partie des sentiments les plus profonds qu'éveille la poésie est restée
lettre close pour ces auteurs. » Mais conçoit-on que
des Français soient assez fous pour répéter que nous

avons dépassé l'état intellectuel où cette littérature se
produisit ? C'est pourtant ce qu'on voit encore chaque
jour :

> Nos pères désormais n'ont que des fils rebelles.
> On jure par Schiller, Gœthe, Dante ou Byron.
> Corneille est démodé ; salut à Calderon !
> Racine a vieilli ; gloire à l'éternel Shakspeare !
> Molière est bien heureux : on daigne encor le lire (1).

Notre poète ne partage pas ces erreurs. C'est avec
une profonde douleur qu'il voit « s'effondrer les
dieux », et s'ils ne sont pas rétablis sur leur piédestal,
ce ne sera pas de sa faute. N'ayez toujours pas peur
qu'il les abandonne : il les aime trop, il a trop de
bonnes raisons de les aimer. Pour le fond, en effet,
la littérature du temps de Louis XIV n'est-elle pas
une incomparable psychologie ? Quant à l'art, le
XVIIᵉ siècle y a atteint la perfection, « l'exacte pro-
portion entre la pensée et la forme, qui ne montre
ni plus ni moins que la pensée, mais la montre bien
tout entière : œuvre complexe de toutes les puis-
sances de l'homme, où la raison saisit l'idée, où
l'imagination l'illumine, où le sentiment la meut et
l'enflamme. » Voilà, résumée par un maître, (2)
l'œuvre du XVIIᵉ siècle. M. Depiot juge qu'il n'en est
pas de plus grande. Nous sommes de son avis.

Voici encore un point sur lequel on ne saurait être
trop d'accord avec lui. L'étude des littératures étrangères a produit chez nous d'heureux résultats. Nous
n'en sommes plus, comme aux premières années du
XVIIIᵉ siècle, à nous complaire dans l'heureuse persuasion que tout ce qui n'est pas français marche

---

(1) Ajoutons que, s'il a des admirateurs enthousiastes, il a pourtant des critiques. — Voir le curieux réquisitoire de M. Edmond Schérer, *Études de littérature*, Tome VIII. (Calmann Lévy, 1885.)
(2) M. Ernest Bersot.

à quatre pattes et mange du foin. Nous n'avons plus
les étonnements naïfs et quelque peu ridicules des
gens qui ne sont jamais sortis de chez eux ; nous ne
disons plus comme les Parisiens du temps de Montesquieu : « Ah ! monsieur est Persan ? C'est une
chose bien extraordinaire ! Comment peut-on être
Persan ? » Mais ces avantages réels seraient, si nous
n'y prenions garde, compensés par de graves inconvénients. Quant un peuple subit trop l'influence des
littératures étrangères, il lui arrive aisément de
perdre le sentiment de sa propre valeur et de se
rabaisser lui-même trop volontiers. Il lui semble que
tout ce qu'on fait ailleurs est admirable, et que tout
ce qu'il fait lui-même ne vaut rien. Le meilleur est
de se rendre bien compte du génie de son pays et de
rester soi. C'est alors seulement qu'on a toute sa
force pour faire de grandes choses. A se promener
d'une région à l'autre, on perd son inspiration propre
et on s'use sans fruit. Pour tout dire, il en est de
l'étude des littératures étrangères comme des voyages
en pays étrangers. Ils sont agréables quelquefois et
quelquefois aussi utiles. Il est des moments où l'on
éprouve le besoin de changer d'air. Mais quand on
passe sa vie à errer, on n'a le temps de rien faire,
et il vient un jour où l'on s'aperçoit douloureusement
que l'on n'a en réalité ni patrie, ni famille, ni foyer.

M. Depiot a ainsi un ensemble de doctrines fort
bien enchaînées et qui se déduisent naturellement les
unes des autres. Le seul reproche qu'on pourrait
faire à son système, c'est que c'est un système fermé.
M. Depiot se rapproche en ceci de l'historien d'ailleurs
si remarquable de notre littérature, M. Désiré Nisard.
Non qu'il soit aussi exclusif et aussi obstiné : il ne
fait point profession de ne pas lire les auteurs mo-

dernes, « ayant pleinement dans le passé de quoi
satisfaire ses appétits » ; il les connaît, au contraire,
et très bien, — mais il n'est pas tendre pour eux. Pour
commencer par Shakespeare, que les romantiques
revendiquaient comme un de leurs ancêtres, ne
regrette-t-il pas que Voltaire l'ait fait connaître en
France ? Mettons cette exagération sur le compte de
la haine de l'étranger. Mais que penser de tels arrêts,
prononcés sans restriction : la France littéraire est en
pleine anarchie, la versification moderne est mauvaise,
on abuse du pittoresque, des effets musicaux, la langue
se meurt, etc...? Nous l'avons dit plus haut : ces juge-
ments de M. Depiot ne sont que des déductions du
principe qu'il a posé. Il s'est fait une image immuable
de l'esprit français ; tout ce qui rappelle les maîtres du
grand siècle est bon, tout ce qui s'écarte des modèles
classiques est considéré comme non avenu : « Trop de
changements laissent trop de regrets. » Ce qu'on doit
estimer avant tout, c'est l'ordre, la distinction dans la
pensée et dans l'expression, une certaine élévation
morale, une mise en œuvre habile, les esprits

> ..... fins, discrets, nuancés, délicats,
> Amis du demi-jour, ennemis du fracas,

et c'est en compagnie de ceux-là que M. Depiot veut
vaincre « au nom du bon goût, du bon ton, du bon
sens. »

Eh ! sans doute, le bon sens est utile, mais il ne
suffit pas ; le bon ton doit être apprécié, mais comme
une qualité négative, qui ne dispense pas des autres,
et quant au bon goût, ne peut-on pas penser qu'il est
le défaut autant que le mérite de notre littérature ?
Nous l'entendons trop souvent comme cet évêque de
Bruges qui fit gratter soixante pieds de sculpture et

d'arabesques sur la façade de la cathédrale, sous prétexte qu'ainsi rabotée elle serait plus régulière et plus
sobre. On l'a dit avec raison : le danger n'est pas
dans les folies, il est dans la banalité ; en art, l'extravagant vaut mieux que le plat.

Parlons-nous du romantisme ? Il a eu ses extrava-
gances, c'est entendu. Dans la lutte qu'il avait entre-
prise contre l'esprit classique et qui n'était qu'une
phase nouvelle de la querelle, vieille comme le monde
et toujours renaissante, des Anciens et des Modernes (1),
il a commis bien des fautes. Ses espérances, dont
quelques-unes étaient bien téméraires, n'étaient pas
toutes justifiées. Il serait néanmoins injuste de ne
tenir compte que de ses erreurs. C'était la part du
temps. Mais les grands côtés subsistent encore, et
Hernani sera demain classique au même degré que
Cinna (2). Ce sont deux genres de littérature très
distincts, qu'on admire autant l'un que l'autre et
qui tiennent également leur place dans le Temple
du goût, toujours debout, mais élargi. Pour tous
les esprits qui reconnaissent que l'art peut varier
d'âge en âge en restant conforme à la beauté, le
romantisme et le classicisme ont depuis longtemps
cessé d'être en lutte :

> Comme deux rois amis on voyait deux soleils
> Venir au-devant l'un de l'autre ! (3)

Aussi bien notre auteur est-il de ceux-là, et ne

---

(1) Je me permettrai de renvoyer ici le lecteur à la 46ᵉ livraison de la *Grande
Encyclopédie*, où il trouvera un article de moi sur cette importante question
d'histoire littéraire.

(2) Que dis-je ? Si nous en croyons un juge autorisé, il l'est dès aujourd'hui :
« Il va sans dire, écrit M. Francisque Sarcey, que, pour moi, *Hernani* est du
répertoire. *La pièce a toutes les qualités des œuvres réputées classiques.*
Personne ne prend plus garde à ses défauts ; on n'en est pas plus choqué que de
ceux de Cinna ; ils se sont perdus dans le rayonnement des beautés. » (Feuilleton
du *Temps*, 5 septembre 1887.)

(3) Victor Hugo, *Orientales* (*Le feu du ciel.*)

doit-on pas prendre ses théories au pied de la lettre.
Il est certain que, s'il avait eu à écrire un livre en
prose sur la littérature française du xixᵉ siècle, il
aurait été plus clément pour elle ; mais il fait œuvre
de poète jusque dans la critique, et il apporte à
l'examen des questions de goût un esprit décisif et
une verve impatiente. Il a vu qu'on en voulait encore
à nos auteurs anciens et que quelques retardataires
ne demandaient qu'à les immoler sur l'autel des dieux
nouveaux ; il a dressé son plan de campagne ; en
bon tacticien, il a porté la guerre sur le territoire
ennemi, et en triomphant des partisans intolérants
de l'école moderne, il a avancé d'autant l'heure de la
justice définitive.

VII

« THÉODORA » EN PROVINCE, EN 1662 [1]

La belle pièce de M. Victorien Sardou, jouée récemment à Paris au théâtre de la Porte-Saint-Martin, est, comme on le sait, une merveille de restitution historique. Le Bas-Empire du VIᵉ siècle s'y trouve évoqué à nos yeux dans un tableau tel que pouvait seul le tracer le plus ingénieux, le plus souple et le plus érudit des auteurs dramatiques contemporains, déroulant habilement son action au milieu de toutes les splendeurs de la mise en scène. Inutile de rappeler le sujet traité par ce magicien incomparable. Mon dessein n'est pas d'étudier l'œuvre : cette étude a été faite, et bien faite. Je voudrais seulement vous entretenir ici d'une petite découverte dont le hasard a tout le mérite et à laquelle le dernier drame de M. Sardou donne un piquant intérêt.

Justinien, pauvre esprit nourrissant quelquefois de grands projets, ingrat et méfiant, fourbe et féroce, libertin et sentimental, et Théodora, cette comédienne de mœurs plus que légères, dont un caprice du César byzantin fit la maîtresse du monde, ont inspiré, vous n'en doutez point, bien des pièces de théâtre. Admirable matière à mettre en vers ou en prose ! On y

(1) Voir l'Appendice.

est, en effet, souvent revenu ; mais qui se doutait
qu'un poète provincial du xviie siècle eût écrit, lui
aussi, sa *Théodora ?* Rien de plus vrai pourtant.

A Angoulême donc, chez Mathieu Pelard, impri-
meur et marchand libraire, parut en 1662 une *tragi-
comédie* intitulée : *le Mariage du grand Justinian
et de la belle Théodore*, *ou la comédienne triomphante* (1). L'auteur, Racault, dont le nom se trouve
seulement à la fin de la *Dédicace au roi*, nous apprend
qu'il ignore les magnificences de la cour et qu'il n'est
jamais sorti de sa province. Nous avons donc bien
affaire à un versificateur du cru.

Ce versificateur, qui offre sa pièce à Louis XIV,
est-il le même qu'Antoine Racault, personnage d'importance, écuyer, seigneur de Laugerie, conseiller
au présidial d'Angoumois, maire d'Angoulême en
1643 et 1644, et échevin de 1645 à 1653 ? Sans
être en mesure de l'affirmer, j'incline à le croire.
Je vois en lui un brave homme, ayant des loisirs et
de la fortune, se piquant de littérature et de bel
esprit, cédant à la manie innocente de composer des
tragédies et des comédies en cinq actes, et se don-
nant cette satisfaction, de les faire imprimer au moins
à quelques exemplaires. Cela ne l'empêchait pas
d'être bon échevin, bon maire, bon conseiller et bon
époux. Si l'on s'en rapporte au frontispice de son
livre, où plusieurs titres de pièces sont gravés sur

---

(1) Ouvrage rarissime ! Le seul exemplaire connu est celui que j'ai entre les
mains. C'est un in-quarto de 110 pages, précédé d'une gravure d'Olivier Massias,
d'Angoulême, orfèvre, graveur, et poète lui-même, cité dans l'*Abrégé du trésor
chronologique et historique* de Pierre de Saint-Romuald (tome III.) — Les
vers sont imprimés en grands caractères italiques très élégants. — Les typographes
d'Angoulême n'étaient sans doute pas forts en 1662 ; ils ont laissé échapper des
fautes étranges : *des yeux mouillés de* L'ARMES ; *je n'ai presque rien* D'Y, etc.
Je sais bien qu'alors il n'y avait pas d'orthographe fixée, mais ce sont là évidemment des erreurs commises par inadvertance.

une guirlande qui s'enroule autour d'une colonne
corinthienne, il était d'une fécondité déplorable. *Le
Sage politique, la Belle Anglaise, Mustapha, Sémi-
ramis, le Poète foudroyant*, etc..., autant d'œuvres
sorties sans doute de sa plume. Et après *la Belle
Théodora*, il dut en écrire d'autres. *Vous en verrez*,
s'écrie-t-il en un vers étrange placé également dans
la gravure de la première page, *vous en verrez bien
plus qu'il n'est de Pyramides !* De tout ce fatras poétique, il n'est rien resté, et je m'en console : *la Belle
Théodore* suffit à nous donner une idée de ce qu'était
ce médiocre auteur de province, imitateur maladroit
des auteurs de Paris.

En 1662, Racine ne compte pas ; il n'a que vingt-trois
ans ; son *Ode sur la convalescence du roi* n'est pas
encore faite. Ses amis ne connaissent de lui que des
vers de jeune homme, presque des vers d'écolier.
Corneille est sur son déclin ; cependant il produit
toujours, et il a ses fidèles. Le maître de la scène est
Quinault. C'est lui qui remplit l'interrègne du génie.
A ce moment, on a déjà huit pièces de sa façon, dont
la dernière, *Agrippa ou le faux Tibérinus*, date à
peine de quelques mois.

Corneille et Quinault, celui-ci surtout, — tels sont
naturellement les modèles sur lesquels prétend se
régler notre poète ; mais ce n'est point par les beaux
côtés qu'il leur ressemble. Il a pris simplement au
premier son goût pour les intrigues compliquées, si
prononcé au début et à la fin de sa carrière (1), et au

---

(1) Il y a des pièces de Corneille à peu près incompréhensibles à force d'être
enchevêtrées. Il dit lui-même en parlant d'*Héraclius* : « J'ai vu de fort bons
esprits et des personnes les plus qualifiées de la cour se plaindre de ce que sa
représentation fatiguait autant l'esprit qu'une étude sérieuse. Elle n'a pas laissé de
plaire, mais je crois qu'il l'a fallu voir plus d'une fois pour en remporter une
entière intelligence ! »

second la manie de mêler l'amour à tout. D'un
bout à l'autre de sa tragédie, ce ne sont que *feux* et
flammes. Quant aux qualités admirables de Corneille
et aux qualités aimables de son heureux successeur,
Racault est à mille lieues de les posséder. Le mal ne
serait pas grand, s'il en avait d'autres qui lui fussent
propres. Hélas ! avec la meilleure volonté du monde,
je ne découvre pas celles que nous pourrions bien
lui reconnaître.

Mais sans faire plus longtemps son procès à ce
petit écrivain d'un grand siècle, voyons un peu de
quoi il s'agit dans la *Comédienne triomphante*.

Justinien n'est pas encore empereur. Son père
(Justin) veut lui faire épouser Cindélie, fille de Cabadès, roi de Perse. Il y a à cela un obstacle : Justinien est amoureux de la comédienne *Théodore* (1),
arrivée récemment à Constantinople, et toutes les
raisons politiques qu'on lui énumère ne diminuent
pas son aversion pour Cindélie. Survient Nicosandor,
roi des Canaries, qui dit : — Cette Théodora, mais
je la connais ! Elle a débauché mon fils ! C'est
une créature ignoble !... A quoi Justinien répond :
— Vous devez vous tromper ; d'ailleurs, quand vous
ne vous tromperiez pas, c'est plus fort que moi,
je meurs, je vis, je brûle et tremble à son aspect ! Les
propos de Nicosandor sont rapportés à Théodora, qui
fait une scène, éclate en sanglots, proteste qu'on la
calomnie indignement. — « Oui, on vous calomnie.
Eh bien ! n'ayez pas peur, vous aurez votre revanche ; je vous adore, et vous serez un jour la reine de
l'univers ! » Il se trouve précisément que cette actrice

(1) Au XVIIe siècle, on francisait volontiers les noms propres anciens auxquels
nous laissons aujourd'hui leur forme. On écrivait *Romule* (Romulus), *Cassie*
(Cassius), *Brute* (Brutus), etc.

destinée à un si haut rang est elle-même de race
royale. Belsamon, chef de la troupe des comédiens, a
expliqué la chose à Justinien. Naviguant un jour en
pleine mer, ils furent attaqués par des pirates qu'ils
tuèrent jusqu'au dernier et dont ils prirent le bateau.
Que virent-ils à fond de cale ?

> Une riante, et jeune, et ravissante aurore !
> Cette aurore n'avait guère plus de cinq ans.

C'était Théodora dans les bras de sa nourrice. Les
corsaires les avaient volées toutes deux tandis qu'elles
se promenaient sur le rivage d'un pays lointain.

Justinien est résolu à épouser cette princesse dé-
chue, mais restée, quoi qu'en dise ce vieux fou de
Nicosandor, absolument pure et digne d'être aimée.
Justin, qui voit en elle une sorcière envoyée par
quelque ennemi pour jeter le désordre dans l'empire,
voudrait qu'on la fît brûler vive. Mais il est lui-même
détesté, et une révolution le renverse du trône. Justinien est proclamé empereur à sa place. Il présente
Théodora au peuple, et la jeune impératrice est
accueillie avec des cris de joie.

Tel est, brièvement résumé, le sujet de l'action
principale. Mais ce n'est pas là toute la pièce. Il n'y
a pas moins de cinq autres intrigues qui se déroulent
parallèlement à celle-ci.

Lisimante (fils de Nicosandor), qui s'est fait acteur
par amour pour Théodora, se désespère du commencement à la fin. Il est au courant de la passion de
Justinien, et il a une peur fort naturelle de se voir
supplanté par ce puissant rival. Il devient horrible-
ment jaloux. Théodora ne se gêne pas pour lui dire :
— Vous êtes insupportable ! Il répond : — C'est que
je vous aime !... Dédaigné par Théodora, il est en

revanche adoré par Cindélie (celle qu'on voulait faire épouser à Justinien), et par sa confidente Rosimène. Rosimène elle-même est aimée par le seigneur persan Oronsodate. Il y a enfin un Cabadès qui aime une reine d'Ethiopie, du nom gracieux d'Amalonzinde.

Arrivons au dénouement. — Justinien épouse, nous l'avons vu, Théodora. Ce n'est pas tout. Lisimante épouse Cindélie, Oronsodate épouse Rosimène ; et quant à Cabadès et à Amalonzinde, ils se trouvent être tout simplement le père et la mère de Théodora. Ils s'étaient perdus de vue et se rencontrant, au bout de quinze ans de séparation, à la cour de Constantinople, ne se reconnaissaient d'abord pas. — N'oublions point Nicosandor, qui est veuf, et qui épouse Ligasie. Au dernier acte en somme, quatre mariages et une reconnaissance ! Voilà une tragédie qui finit assez bien (1).

Faut-il maintenant donner un spécimen de la poésie de Racault ? Je transcrirai les vers suivants. Je tromperais pourtant le lecteur en le laissant penser que je les ai pris au hasard. Ils sont au contraire choisis avec soin comme étant les meilleurs de la pièce, avec les deux que j'ai cités plus haut. Admirez donc le portrait d'Amalonzinde, princesse nègre :

> On ne voit rien d'égal à ses traits basanés
> Qui font bien des heureux et des infortunés ;
> On s'étonne de voir et l'on voit avec peine
> L'Amour et la Beauté dans un trône d'ébène,
> Mais quand on l'examine et la voit de bien près
> Elle porte en le cœur d'inévitables traits.
> Qu'elle a charmés de rois avec sa couleur noire,
> Qui trouvaient dans ses yeux leur plaisir et leur gloire !

---

(1) De là son nom de tragi-comédie. On appelait ainsi au XVIIᵉ siècle une tragédie ayant un dénouement heureux. Le *Cid* de Corneille parut d'abord avec le titre de *tragi-comédie*. — On trouvera une très complète définition de ce genre littéraire dans les *Leçons de littérature française* de M. L. Petit de Julleville, tome I, p. 243-244.

Et le plus beau des rois qui soit en cette cour
Lui conserve toujours un immortel amour...

Nous nous en tiendrons là, si vous le voulez bien, sur la *Comédienne triomphante*. Insister davantage serait faire trop d'honneur à ce bon échevin du XVIIe siècle, prédécesseur inattendu de M. Sardou. Prédécesseur? Ce n'est pas tout à fait juste. Il n'a pas exactement traité le même sujet. Dans la pièce moderne, quand la toile se lève, Justinien et Théodora sont déjà mariés. L'un et l'autre auteur se sont seulement rencontrés dans le choix des mêmes personnages qu'ils ont peints à des moments différents, — avec un talent différent surtout. Il y a en effet, comme on pouvait s'y attendre, un abîme entre les deux œuvres. Elles sont à peu près dans l'art dramatique ce que serait dans la sculpture une statue façonnée par un maître, admirablement drapée, pleine de mouvement et de vie, et une de ces figures informes, bonnes à amuser les enfants, taillées dans un morceau de sapin par les mains grossières de quelque paysan de la Forêt noire.

APPENDICE

APPENDICE

§ 1.

Sur Jean-Jacques Rousseau et le sentiment de la nature au XVIIIe siècle.

Voici quelques textes qui feront sentir l'étendue de la Révolution littéraire accomplie par Rousseau :

« Le poète *ne parlera pas du geai et de la pie* dans les concerts agréables du printemps... Il faut faire pour la nature physique ce qu'Homère, Le Tasse et nos poètes dramatiques ont fait pour la nature mo-morale : *il faut l'agrandir, l'embellir, la rendre intéressante, etc...* » (Saint-Lambert, *Discours préliminaire* du poème des *Saisons.*)

Rousseau dit précisément le contraire : « Je vous sais un gré infini d'avoir osé dépouiller notre langue *de ce sot et précieux jargon* qui ôte toute vérité aux images et toute vie aux sentiments. *Ceux qui veulent embellir et parer la nature sont des gens sans âme et sans goût, qui n'ont jamais connu ses beautés.* » (Lettre à M. Stuber, traducteur de Gessner, 24 décembre 1761.)

Pour les théories de Rousseau à ce sujet, on peut voir en outre *Lettres*, 20 et 28 janvier 1763, 10 mai

1766, 27 mai 1775 ; *Nouvelle Héloïse*, Iʳᵉ partie, XXIII ;
IVᵉ partie, X, XI ; *Confessions*, livre IV, début du
livre I ; *Rousseau juge de Jean-Jacques*, dialogue III,
etc...

Bernardin de Saint-Pierre remarque que l'art de
rendre la nature est tout nouveau et que les termes
mêmes n'en sont pas inventés : « Essayez de faire la
description d'une montagne de manière à la faire
reconnaître. Quand vous avez parlé de la base, des
flancs et du sommet, vous aurez tout dit... Il n'est
donc pas étonnant que les voyageurs rendent si mal
les objets naturels. S'ils vous dépeignent un pays,
vous y voyez des villes, des fleurs et des montagnes ;
mais leurs descriptions sont arides comme des cartes
de géographie ; l'Indoustan ressemble à l'Europe, *la
physionomie n'y est pas*. » (Lettres, 1ᵉʳ janvier 1772.)

La Harpe proteste avec une fureur un peu comique
contre la mode nouvelle, dans son *Epître à M. de
Schowalow sur les effets de la nature champêtre et
sur la poésie descriptive* :

> ... On ne parla que de pinceaux,
> D'ombres et de couleurs, d'images, de tableaux,
> Et dans cette *école insensée*
> Où prêchaient des docteurs nouveaux
> Avec mépris fut rabaissée
> La raison éloquente et la noble pensée,
> La touchante simplicité,
> Des sentiments du cœur l'aimable vérité ;
> Et le sublime même, *à cette cour burlesque*,
> Fut réputé commun, s'il n'était pittoresque !

§ 2.

Les lectures d'Alfred de Vigny.

M. Emile Faguet, que j'ai eu plusieurs fois l'occasion de citer dans les pages précédentes, s'exprime ainsi sur Alfred de Vigny : « Le renouvellement du génie, voilà ce qu'il n'a pas connu, ou très peu. Je crois que cela tient au *caractère solitaire de son imagination*. Nul n'a eu si peu de rapports avec le monde extérieur. Or il ne faut jamais oublier que l'imagination n'est pas une mine ; elle est un moule et une forge. Le monde extérieur, spectacles, impressions, souvenirs, *lectures*, dépose dans l'âme du poète des matériaux qui y prennent une forme, un éclat et un relief particulier. *La Fontaine lit*, Lamartine écoute le vent, Hugo regarde... *On dirait que Vigny ferme les yeux* et les oreilles. Il se contente presque de penser. »

Tout cela est très ingénieux et vraisemblable, mais n'est point absolument exact. En réalité, Vigny lisait, et beaucoup. On en verra la preuve dans les lettres suivantes écrites par lui de 1849 à 1853 au bibliothécaire d'Angoulême, feu Eusèbe Castaigne, mon grand-père. — Force est donc de chercher une autre cause à ce manque de renouvellement que l'on constate dans son génie :

.*.

Le croiriez-vous, Monsieur ? J'ai encore la faiblesse de penser qu'il est permis à un académicien de s'occuper de poésie et d'art ; et, du fond des bois, je vous prie de

vouloir bien répondre par un mot à quelques questions
que je vais vous adresser.

La bibliothèque d'Angoulême a-t-elle les livres dont je
vous envoie la liste et dont j'aurai besoin pour quelques
études sur les anciens essais dramatiques en France ?
Avez-vous aussi un cabinet de manuscrits considérable ?
A quel siècle remontent-ils ? La bibliothèque a-t-elle
quelques manuscrits latins du IVe ou Ve siècle de l'ère
chrétienne ?

Vos deux *Machiavelli* sont ici conservés avec soin, et
lorsque je ne les consulterai plus, je veux moi-même
vous les rendre, Monsieur, et vous porter en même
temps mes remerciements et l'assurance de ma considé-
ration.

Lazare de Baïf : *Electre* et *Hécube*.

Rotrou : l'ancienne édition, avec sa traduction des
Captifs de Plaute.

La dernière traduction moderne de Plutarque, pour
comparer à celle d'Amyot.

Le théâtre de Lamotte.

La *Vie d'Alger*, soit en espagnol soit en français, par
Cervantes. (Livre assez rare, je crois.)

Perrault (la plus ancienne édition.) Le traité des
Anciens et des Modernes, et les *Contes*.

Les œuvres complètes de Mme de Staël.

Les *Mémoires* de Lanner (Anglais habitant du Canada
qui vécut chez les sauvages.)

Je ne fais pour aujourd'hui que des questions. Plus
tard je choisirai parmi les ouvrages présents à cet appel
et je ferai des demandes.

*
* *

Je vous ai cherché à la bibliothèque d'Angoulême le
17 de ce mois, Monsieur, sans être assez heureux pour
vous rencontrer. Je voulais vous remercier des renseignements que vous avez bien voulu me donner sur les

livres dont vous pouvez disposer. J'irai bientôt vous en
demander quelques-uns, et ce sera d'abord chez vous
que je me présenterai. Mais je passe si peu de temps à
Angoulême, que je voudrais savoir d'avance par vous si
je puis trouver prêts à être enlevés les ouvrages qu'il me
faut.

J'ai à Paris une traduction de l'*Histoire du Bas-Empire*
de Gibbon que je voudrais retrouver ici. Elle est en
vingt volumes environ. Il ne m'en faut que deux. Je les
choisirai dans votre bibliothèque, si vous avez cet ouvrage.

Il y a peut-être aussi chez vous une histoire de la
Pologne, antérieure à celle de M. Salvandy, qui est surtout l'histoire de Jean Sobieski.

Un mot, je vous prie, sur ces deux questions.

Je vous demanderai quelques volumes de Plaute. Le
jour où je pourrai vous aller voir, jour qui suivra de près
votre réponse, je les chercherai avec vous.

Je sors rarement de ma cellule, où je vis comme un
bénédictin.

Mille compliments empressés.

*   *
*

Je vous envoie, Monsieur, tous les livres que vous
avez bien voulu me prêter :

Thucydide, — le cinquième volume de M. Michelet, —
les deux premiers volumes de Sully, et les quatre numéros de la *Revue des deux mondes*.

Si vous pouvez confier à mon messager les numéros de
Mars et d'Avril de la Revue, et l'*Histoire du Bas-Empire*
de Gibbon, où j'ai quelques dates et quelques notes à
prendre, à mon prochain voyage à Angoulême, j'espère
avoir quelques moments à passer avec vous.

Croyez, Monsieur, à mes plus affectueux sentiments.

*   *
*

Je voudrais bien savoir de vous, Monsieur, s'il y a au monde un vocabulaire du dialecte ou patois de la Charente ou de l'ancien Angoumois. On l'a cherché pour moi à Paris, peut-être assez mal, mais enfin très inutilement.

Ayez la bonté de m'écrire un mot qui m'apprenne quelle est la meilleure et la plus nouvelle traduction des *Commentaires de César*, et si vous avez le texte en regard.

Voilà pour aujourd'hui mes deux seules questions. Selon votre réponse, Monsieur, et si vous pouvez me prêter l'un ou l'autre de ces deux livres, je les enverrai chercher à la bibliothèque que vous mettez de si bonne grâce à ma disposition, mais je vous les demanderai seulement l'un après l'autre, pour ne pas abuser de votre complaisance.

Mille compliments empressés.

*
* *

Je vous remercie infiniment, Monsieur, d'avoir bien voulu me donner quelques renseignements sur ce dictionnaire que je cherchais. Je croyais naïvement à son existence parce que je l'avais vu citer dans quelques livres; mais je vois que ce n'est pas toujours une raison pour vivre que d'être cité.

Plus tard, j'enverrai chercher les *Commentaires*. Aujourd'hui, j'ai à vous demander seulement un mot qui me fasse savoir si vous avez deux ouvrages où je suis sûr de retrouver des faits dont je ne veux point parler sans les avoir relus. Ces livres sont :

1º Les *Mémoires* de Condé, le compagnon d'armes de l'amiral de Coligny, le grand protestant ;

2º *L'Histoire du grand Condé*.

Croyez, Monsieur, à mes sentiments les plus dévoués.

§ 3.

*Lettres de M. Victorien Sardou, de l'Académie fran-
çaise, à propos de l'étude sur* Théodora *en 1662.*

I

Monsieur,

Votre curieuse découverte m'a singulièrement in-
téressé, et je vous suis bien reconnaissant de m'en
avoir fait part. Ce Racault m'était tout à fait inconnu,
et je crois que tout le monde l'ignorait comme moi.
C'est une étrange pièce que la sienne, et la forme n'y
est pas moins étrange que le fond. Si je vais jamais
à Angoulême, je vous demanderai la permission de
faire plus ample connaissance avec elle, et surtout
avec vous.

Vous savez sans doute, par l'article de la *Revue
bleue*, que Rangabé a fait une *Théodora* en grec? Ce
n'est pas précisément une pièce, mais une sorte
d'épopée dialoguée. La langue est un compromis du
grec moderne avec l'ancien. L'auteur nous apprend
lui-même que son œuvre a un caractère *national*,
qu'il s'est pénétré de l'esprit de ce monde byzantin,
qu'un grec *peut seul concevoir et peindre* (?): « Nous
nous sommes, dit-il, efforcé de rester fidèle à la vérité en tout ce qui regarde la topographie des lieux
et ce magnifique cérémonial de la cour de Byzance
où l'on reconnaît surtout le caractère particulier de
notre moyen-âge. » — Malheureusement, ni pour ce
cérémonial même, ni pour les localités, ni pour les

faits, ni surtout pour les caractères, l'auteur n'est fidèle à son programme. Il confond les dates, les lieux, intervertit les évènements, les dénature, et pousse la licence poétique jusqu'à nous offrir dans sa Théodora l'image de toutes les vertus, ce qui est un peu bien risqué, même pour ceux, comme moi, qui n'admettent pas la véracité de Procope, et même ne considèrent pas comme démontré qu'il soit l'auteur des Anecdotes. Il est évident que Rangabé a voulu incarner dans sa Théodora l'image de la Grèce, la moderne aussi bien que l'antique, en l'opposant à la dépravation romaine, à la brutalité barbare, au fanatisme musulman, etc., etc !... C'est une idée singulière, dont on peut dire après lui *qu'un grec seul peut la concevoir*. Et son héroïne est assez mal choisie. On ne voit pas bien Théodora passant à l'état de Jeanne d'Arc ! Je vous conseille néanmoins de le lire, ce qui vous sera plus facile qu'à moi, qui suis tout à fait brouillé avec le grec.

Agréez, Monsieur, mes salutations les plus empressées, avec tous mes remerciements pour la part d'éloges que vous voulez bien faire à votre très reconnaissant et dévoué

V. SARDOU.

Nice, villa Graziella, 24 Mars 1885.

II

Cher monsieur,

C'est pourtant, si je ne me trompe, dans la *Revue politique et littéraire* qu'a paru l'article de M. Gidel, proviseur de Louis-le-Grand, sur l'œuvre de Rangabé.

Maintenant, je fais peut-être erreur, et il se peut

que l'article ait paru dans l'autre Revue, sa sœur. (1)
En tout cas, je tiens l'ouvrage à votre disposition. Il
est chez moi, à Marly, où je serai à partir du 15, et
d'où je vous l'expédierai par la poste.

C'est très superficiel comme étude byzantine. Il est
clair que Rangabé n'est pas ferré sur le *Corpus*
byzantin, et qu'il connaît aussi peu la matière que ce
M. Bryce (2), qui passe pour avoir étudié, vingt-cinq
années durant, le règne de Justinien, et qui croit à
Théodora épouse vertueuse — une hypothèse de
Gibbon, — et qui ne sait pas que Justinien était une
sorte de Philippe II, soupçonneux, sournois, écrivas-
sier, paperassier, toujours préoccupé de puérilités
mystiques ou judiciaires, fanatique surtout et, comme
tel, féroce et implacable !... Vingt-cinq ans d'étude
pour ne pas savoir tout cela ! Voilà du temps bien
employé.

Je vous conseille la lecture de la Thèse latine de
Debidour, qui est très remarquable, et d'une critique
vraiment sérieuse. Il a dû faire paraître hier la traduction abrégée chez Dentu, sous le titre de l'*Impératrice Théodora*.

Je vous salue bien amicalement, Monsieur.

V. SARDOU.

Avril 1885.

---

(1) La *Revue scientifique*. — Ici même, M. Victorien Sardou commettait une
légère inexactitude. L'article en question, que j'ai enfin trouvé, avait été publié
dans la *Revue générale* du 15 décembre 1884. (E.-J. C.)

(2) Le journal le *Temps* (25 mars 1885) a donné une analyse de l'étude
critique de M. James Bryce, insérée dans la *Contemporary Review*. (E.-J. C.)

TABLE DES MATIÈRES

Pages.

Avant-Propos.. VI

I. Le sentiment de la nature dans La Fontaine.   1
II. La versification de La Fontaine...............   25
III. De la nécessité d'expliquer les auteurs fran-
      çais... 41
IV. Le père de Mme de Rambouillet...............   59
V. Alfred de Vigny..............................   71
VI. Sur un poète amateur.........................   93
VII. *Théodora* en province, en 1662.............   112

APPENDICE. § 1. Sur J.-J. Rousseau et le sentiment
                de la nature au XVIIIᵉ siècle...   121
           § 2. Les lectures d'Alfred de Vigny
                (documents inédits tirés de sa
                correspondance)..................   123
           § 3. Lettres de M. Victorien Sardou, de
                l'Académie française, à propos
                de l'étude sur *Théodora* en 1662. 127

www.ingramcontent.com/pod-product-compliance
Lightning Source LLC
Chambersburg PA
CBHW060813250626
47162CB00005B/1767